母
—オモニ—

姜尚中

集英社文庫

母
—オモニ—

目次

母

―オモニ―

プロローグ

母。それは、いつの時代も子供たちの心を虜《とりこ》にせずにはおかない。幼少の頃、子供以外の何者でもなかったすべての者にとって、母は絶対的な存在だったはずだ。たとえそれが、激しい愛憎をともなっていたとしても。

とりわけ、息子たちにとって、母は「女」ではなく、あくまでも母でなければならない。息子から「男」になり、「女」と交わり、父親になってからも、息子たちは、母が「女」であったことを認めようとはしない。それほど、母という言葉は、息子たちの心を尋常ならざるものにしてしまうのだ。

そして母が単なる母にとどまらず、「オモニ」であるとすれば、息子たちは狂おしいほどの母への想いに胸を焦がすに違いない。

わたしもまた、そのありふれたひとりの息子に過ぎない。しかし、わたしの母（オモニ）、禹順南《ウスンナム》には、息子による潤色や記憶の美化によっては語り尽くせない何ものかが宿っていた。

すべてのものを弾《はじ》き飛ばすほどの激しい感情を露《あら》わにした母。そしてまるで幼子のように陶然として「茶摘」の歌を涙声で歌っていた母。

「アボジ（お父さん）、ハルモニ（お祖母《ばあ》ちゃん）は、とても怖いときもあったけれど、本当にかわいかったわね。よくねぇ、子供の頃、わたしを抱いて『茶摘』の歌を歌ってくれたの。何だか泣いているようだったわ。時々、涙が顔にかかることがあったもの」

わたしの娘のリカの記憶には、野分《のわき》の渡る茫《ぼう》とした原にひとり獅子吼《ししく》するような一人の激しい女性の姿はなかった。そこには、すべての恩讐《おんしゅう》を抱きしめて、まるで自分に言い聞かすように独《ひと》り言《ご》つ淋《さび》しげな老女の姿があった。

「わたしは幸せだろかいね。うん、幸せたい。そうたい、幸せたい」

そう独り言つ母は、淋しく、そしてうれしそうだった。その母も、二〇〇五年四月三日、帰らぬ人になったのである。

*

その日の夜遅く、講演を終えて帰宅したわたしに妻の万里子《まりこ》とリカが泣きじゃくりながら飛びついてきた。

「あなた、オモニが……、オモニが……」

「えっ、オモニがまさか……。亡くなったのか。本当に亡くなったのか」

わたしはそのまま玄関にへたり込んでしまった。最近は眠っているときが多くなったとはいえ、まだ生命力は旺盛だと聞いていた。それがこんなに突然断ち切られてしまうなんて……。急に咽《のど》が渇き、心臓が高鳴っていくのがわかる。信じたくない、オモニのいない世界など。どうしても信じたくない、そんな世界があることなど……。

「いつだったんだ。いつオモニは亡くなったんだ」

そう問いかけるのが精一杯だった。

母は、午後七時三十八分、入院先の病院で寝入るように息絶えたという。見舞いに訪れたわたしの兄正男《まさお》の子供たちがちょっと目を離したスキに、消え入るように旅立ったのである。いささかの苦しむ気配もなかったということが、わたしの気分をわずかに和らげてくれた。

翌日、わたしは家族と連れ立ってあたふたと熊本に出かけることになった。

外は春の新しい門出に相応《ふさわ》しい、柔らかい陽光が辺り一面に弾けているようだった。しかし、そのキラキラと輝く季節が、喪のときになるとは……。春は残酷だ。そんな恨みがましい言葉のひとつでも吐きたくなるほど、街中が華やいでいた。

だが、もうひとつの名前「春子《はるこ》」を名のっていた母だから、春に旅立とうとしたのでは……。次第にわたしはそう思い直すようになった。

「やっぱりオモニが言う通りになるとよ。オモニが外に出るときは、必ず天気がよかとだけん」

出かけるとき、「おてんと様」がそれを祝って必ず晴天にしてくれる。これが母の自慢のタネだった。だから母も得意げに笑っているかもしれない。きっとそうに違いない。とすれば、うららかな陽光にくるまれるように旅立った母は、いかにも母らしい最期のときを選んだことになる。

母には、「順南」の他に「春子」という通名があった。「順南」を「スンナム」ではなく、「じゅんなん」と読むことに抵抗を感じていた母も、生前「春子」には親しみをもっているようだった。

幼くして亡くなった長男「春男《はるお》」の記憶を抱きしめるように、母はずっと「春子」にこだわり続けた。母は、死児の齢《よわい》を数えながら、いつも「春男」と一緒にいるという思いを「春子」に託したのかもしれない。

「春男」の命日に母はきまって赤子の下着を焼き、その烟《けむり》が上っていく様子を見つめながら、ぼそぼそと囁《ささや》くように語りかけていたものだ。

「ハルオちゃん、天に昇ってお行き。また来年、会おうね」

母の目は潤み、いつも涙声になっていた。

終戦もまぢかの疎開先で、栄養失調のため病死した「春男」を、まだ二十歳《はたち》にもならない母は、何日も抱きしめたまま、気がふれたように押し黙っていたという。悲しみは、数十年の歳月を経ても、決して失われることはなかったのだ。

だが、そんな母もめっきり老け込み、静かな笑みを浮かべながら、遠い過去の記憶にひたりきっている日々が多くなった。そして数ヶ月ほど前から、母は、一日の大半を、深い眠りの中で過ごすようになっていたのだ。

入院先の病室に見舞ったとき、目の前の母は、まるで乳房にかじりついた乳飲み子のように、ただひたすら幸せそうに眠っていた。

「オモニ、オモニ、わかりますか。みんなで会いに来たんですよ。オモニ、わかりますか」

時おり、うっとうしげに重たい二重瞼《ふたえまぶた》を半分ほど開くことがあったが、ほとんど反応はないまま、母は眠りに落ちていった。母の口元に顔を近づけると、一瞬鼻をつまみたくなるような異様な臭いが漂い、母がもはや「こちら側」の世界の住人ではなくなりつつあるのではないかという暗い予感が走った。

思い余って母の腕を何度となく叩《たた》いても、迷惑そうに手を払い除《の》ける仕草が返ってくるだけだった。それでも、その仕草は「もうよかよ、オモニは。そっとしときなっせ。たくさん生きたとだけん。幸せたい、オモニは」と語りかけているようだった。

今ごろ母は、「春男」に会いに行くために、いそいそと春の野原に出かけていく夢を見ているに違いない。幸せそうなオモニ。そっとしておいてあげたい。

しかし、わたしの心の中には言いしれない寂寞《せきばく》が広がっていく。もう母と話をすることすらかなわなくなるのか。消え入るような母の姿を見つめていると、わたしは自分が見放されていくようで、無性に淋しかった。

「ああ、アボジ、ハルモニがわたしの名前を呼んでいるわ。わかる。ねぇ、そうでしょう」

確かにどうしたことか、泥のように眠っていた母が、なぜかわたしの娘の呼びかけにはハッキリと、「リカちゃんね、よう来たね……」と応じたのである。

この時、母はもしかして、口癖のように自分と瓜二つ《うりふた》だと自慢していた孫娘に何かを託そうとしたのかもしれない。なぜなら、それが母の最期の言葉となってしまったからである。

*

機中の窓からは、茫洋《ぼうよう》とした雲海が春の日射しの中にひときわ輝いて見えた。母をみんなで見舞ったのはつい一週間ほど前のことだったのに……。下界の明るさが深い悲しみと不釣り合いのように思えてならなかった。

空港に近づくにつれて、山々がなだらかな曲線を描きながらうねって見える。春の大阿蘇《あそ》は、雄大でのどかだ。悲しみが、茫漠とした景色の中にボーッと消えていくようで、物憂い気怠《けだる》さが眠気を誘うようだった。

実家に大急ぎで駆けつけると、出棺までわずかな時間しか残されていなかった。読経もすでに終わり、辺り一面に香の烟と匂いがくぐもるように漂っている。

仏壇には父（アボジ）の写真の横に仲睦まじそうに満面に笑みをたたえた母の写真が置かれていた。往年の名女優・乙羽信子《おとわのぶこ》似のえくぼが印象的な母の遺影からは、今にもくすくすといたずらっぽい笑い声が聞こえてくるようだった。

「まぁ、オモニは何てきれいなんでしょう。こんなに安らかな仏様の顔、見たことないわ」

妻がいたく感動したような声を漏らすほど、母の顔は穏やかだった。ガラス戸から遠慮なく射し込んでくる伸びやかな陽光が母の顔を照らし、母は今にも起き出してきそうだった。

母の死に顔を見ることをためらったわたしも、その余りにも生き生きした表情に一瞬息を呑《の》み、同時にそれが死化粧によるものでないことを悟った。幸せだったに違いない、オモニは……。そう思うと、何か全身の緊張が解けていくような気持ちになってくる。

「終わったのだ、ひとつの時代が……」

溜息《ためいき》のような安堵感《あんどかん》と、失われていくものへの哀感が交錯し、わたしはこのままいつまでも淡い郷愁にも似た情感にひたっていたかった。

しかし、愛する人が亡くなった喪失感がどんなに痛切であっても、残された者は「儀式」をやり遂げなければならない。

わたしの兄マサオ夫婦とその息子たちの一家が、かいがいしく立ち働き、葬儀の準備に大わらわだった。やっと予約が取れたのは、かつて菊池電気鉄道と呼ばれた単線の電車が走る、線路沿いの小さな葬祭所だった。

時おり、踏切を電車が通る度に斎場はかすかに振動し、そのわびしい警笛は死者を弔う泣き声のように震えていた。

決して盛大とは言えない葬儀だった。しかし、母に縁《ゆかり》の人々が多く駆けつけ、斎場は献花で埋め尽くされた。型どおりの葬儀の演出には鼻白む思いがしないわけではなかったが、母はきっと満足だったに違いない。

「テツオくん、梶原《かじわら》たい。おばさんが亡くなったと聞いたけん、来てみたとたい。テツオくんに会えると思うてね」

「尚中」になる前のわたしの名を呼ぶ声がした。幼友達が、数十年ぶりに姿を見せてくれたのである。そこには、紛れもなく、初老にさしかかった旧友たちがいた。音信が途絶えていたにもかかわらず、母の訃報《ふほう》が再び、わたしを懐かしい人々と結びつけてくれたのである。

わたしは彼らの温情に返す言葉もなく、ただ震える声で「ありがとう、ありがとう……」と繰り返すだけだった。

いよいよ母の亡骸《なきがら》を荼毘《だび》に付す時がやって来た。霊柩車《れいきゆうしや》に棺を収納し、みんなが合掌するなか、車は静かに火葬場へと出発することになった。

位牌《いはい》をもった兄と、遺影を抱きしめたわたしは、一時間ほどただ黙したままだった。家業を継ぎ、父や母といつも顔を合わせ、時には口論に及ぶこともあった彼と、長い間、親元を離れ、家族から遠ざかっていたわたしとでは、母との思い出に自ずから陰翳《いんえい》の差があるに違いない。

それでも、マサオとわたしは、それぞれに、母の記憶をまさぐっていたのだと思う。

あの時の母、この時の母……。それらは、時には甘美な、時には苦い思い出となって去来した。ふたりは、母の思い出を縁に仲睦まじい兄弟であることを確かめ合っていた。

火葬場は、阿蘇方面に通じる菊陽《きくよう》バイパス沿いの、熊本空港から北に数キロ離れたところにある真新しい施設だった。場内のあちこちに桜が散り乱れ、華やいだ満開の頃の威勢はないが、それでもどこかのどかな風情が漂っていた。これまでの火葬場という陰鬱なイメージはなく、まるで小綺麗《こぎれい》なドライブ・インで休むような感じだった。

すべてが清潔で明朗で、死の匂いなどどこにもなかった。ただ、遠く、高い煙突から時おり苦しそうに吐き出される白い烟だけが、ここが死体を焼いて弔う場所であることを示していた。

一切が自動的なシステムとして作動する清潔な処理場、それが現在の火葬場のイメージだった。それは、「人間的な、余りにも人間的な」母の存在感とどこかちぐはぐな感じがしてならなかった。

「人は口から食べて尻から出すとたい。どがん上品なことば言いよっても、そがんせんと死ぬとだけんね。人は食らうところのものばい。そして尻から出さんといかんとたい」

こうした、あっけらかんとした、単純明快な教えを、母はきっと自分を育ててくれた大人たちから受け継ぎ、地を這《は》うような生活苦のなかで生きる寄《よ》す処《が》にしてきたに違いない。

そう思うと、わたしは場内でただじっとしていることが厭《いと》わしかった。

ひとり外に出、ぼーっと煙突を眺めていると、母のものなのだろうか、白い烟がしゅっしゅっと天に昇っていくようだった。それは、蒸気機関車から吐き出される烟のように勢いがあった。

「汽車ぽっぽ、なんだ坂、こんな坂」

苦しいとき、悲しいとき、まるで自分を叱咤《しった》するように、口ずさんでいた母の歌声が聞こえてくるようだった。

「もうよかよ、オモニは。今度はアボジとハルオのいるところに行くとだけんね。うれしかばい」

母が快活にそう語りかけているように思えた。

そう思うと、母を失った悲しみが少しは癒されていくようだ。母のいない世界、それはこの世の終わりのような、考えたくもない沈鬱な世界だった。

ただ、その悲しみに打ちひしがれながらも、わたしはどこかで、母（オモニ）という「運命」から解き放たれていくような安堵感も味わっていた。

それは、見知らぬ異国の地の、ぼんやりと翳《かげ》っていく山々の稜線《りょうせん》を目指してとぼとぼと歩いていく旅人の心境とでも言ったらいいだろうか。

わたしはこれから、抗《あらが》いがたい「運命」から置き去りにされて、途方に暮れながらも、自分の足で前へ歩いていかなければならない。心細く、淋しい。しかし、どこか恬淡《てんたん》としていないわけではない。

「オモニ、待っときなっせ。そのうちそこに行きますよ」

深い悲しみの中で、そんなふうに母に向かって語りかけることが、ようやくできるようになったのだ。

母が多くのものを得、多くのものを失ったように、その息子も、多くのものを得、多くのものを失った。それでも、「運命」としての母がいたことは、わたしをいつまでも慰めてくれる。そのかけがえのない記憶こそ、これからのわたしの生きる寄す処となるのだ。

「オモニが字ば知っとったら、いろんなもんば書いて残しとくとばってんね」

母の記憶をたどることが、文字を知っているわたしに文字を知らない母から託された遺言のように思えてならない。

水に溶けて消えていく字体を、やっとのことで元の形に返したような際どい記憶の断片を拾い集め、母の面影を描くことができれば……。そうすれば、そこからわたしの半生が透けて見えるに違いない。母を通じて、わたしはわたし自身に再び出会うことにもなるのだ。

生きていれば、母はきっと苦笑いしながらもうれしそうに、わたしの母への追慕を読んで聞かせろとせがむに違いない。

「なんてね、なんて書いてあると？」

母のいたずらっぽい顔が目に浮かぶ。

一　春の海に別れを告げて

母には海がよく似合う。しかも春の海が。

夕陽《ゆうひ》が、黄金色の菜の花や鮮やかに咲き誇るソメイヨシノの並木道を、穏やかな光でひたしながら、水平線の彼方《かなた》に傾く頃、水面は残光を受けて薄赤く輝いている。

母が終生忘れなかった故郷の原風景は、きっとこんな感じだったのではないか。

母が生まれたのは、釜山《プサン》から西へ約五十キロのところにある慶尚南道《キヨンサンナムド》鎮海《チネ》市内の東の一角、慶和洞《キヨンファドン》である。

旧日本海軍の鎮守府が置かれ、桜の名所でもある鎮海は、韓国併合後、本格的な軍港都市として栄えた街だった。

慶和洞は、市街地から東に二・五キロほど離れた朝鮮人居住区で、軍港と市街地の建設予定地に住んでいた朝鮮人の強制移住先だった。鎮海市は、朝鮮人と日本人の居住区の隔離によって人工的に造られた街でもあったのである。

幼い母にとって、日本海海戦の記念塔のある兜山《かぶとやま》（現在の帝皇山《チエファンサン》）の西に広がる日本人街や軍港施設は、足を踏み入れることのできない「禁断の地」だった。
それでも、慶和洞の南、市街地の東部の行巌湾《ヘンアムマン》に面した「清ノ浦」は遠浅の砂浜で、日本人と朝鮮人が交じって潮干狩りを楽しむことがあった。その時の思い出が、脳裏にずっと焼き付いていたからか、遠浅の有明海で、母は幼子のように潮干狩りに夢中になっていることがあった。きっと故郷の海の記憶の糸をたぐり寄せていたのだろう。

「いまは春も近いけん、すぐに潮が満ちてくるばい」

「いまの季節はアサリの身もしまっとるけん、ほんなこつおいしかよ」

誇らしげに収穫袋を持ち上げる母の顔には、満面の笑みがこぼれていた。時おり、貝を掘り出す手を休めて、遠くそびえる普賢岳《ふげんだけ》をじっと見つめていたように、幼い頃の母も、静かな入り江の波間に揺蕩《たゆた》う小舟に目配せし、青黒く浮かぶ対馬《つしま》の島影を眺めていたに違いない。少女のつぶらな瞳には心地よい、のどかな光景が広がっていた。
感情の振幅の激しい母が、ふっと見せる初《うぶ》な少女のような表情は、まるで故郷の穏やかな春の海のやさしさを思わせた。慈悲深いような海原には、無限の静けさが漂い、母は至福の思いにひたっていたのであろう。

風土がひとを育むとすれば、母のやさしさ、濃《こま》やかさ、哀れみの深さは、そうした故郷の原風景と重なり合っていたのかもしれない。

そしてわたしの祖母と曾祖父《そうそふ》は、夢見がちな少女を手厚く保護する透明な被膜のように、彼女を懇《ねんご》ろにかわいがり、慈しんだ。

多くの朝鮮の女たちがそうであったように、祖母は、懶惰《らんだ》な男たちに忍従を強いられ、働きづめの日々を黙々と生き抜いた。寡黙でやさしく、そして働き者の彼女も無理がたたったのか、五十路《いそじ》の坂を越えることなく世を去った。

わたしの母の悲しみはいかばかりかと思いやることすら憚《はばか》られるほどだった。土間にうずくまり、「アイゴー、アイゴー」と地団駄踏むように泣き叫ぶ彼女の姿は、狂乱にも近い様相だった。三十路《みそじ》に入ったばかりの母。わたしはまだ小学生になりたてだった。

その頃、日本と韓国の間は国交すらままならず、小さな家業を切り盛りしていた彼女には、自分を産んだ母親の骸《むくろ》を弔う手立てすら断たれていたのである。胸を両手で激しく叩《たた》きながら、嗚咽《おえつ》まじりの声で自らの「親不孝」を詰《なじ》るその姿がいじらしかった。

「何という世の中だ。何という境遇だ。なぜこんなに悲しい目にあわなければならないのか。かわいそうなオモニ……」

数日も続いた呪詛《じゅそ》のような泣き声が、やがて溜息《ためいき》に変わり、泣きはらした目に生気がもどり始めた頃、母はおもむろに涙声で「茶摘」の歌を口ずさんでいた。

「夏も近づく八十八夜　野にも山にも若葉が茂る　あれに見えるは……」

祖母から教わったという「茶摘」の歌。その歌は、ふたりで一緒に眺めたに違いない春の海にこだましているようだった。

だが一方で、その口から、わたしの祖父の話が出てきたことなど一度もなかった。そう、母は、自分の父親については頑《かたく》なに沈黙したままだったのだ。自分の妻を不幸に追いやった、甲斐性《かいしょう》のない男の記憶は、母の中に澱《おり》のように埋もれていった。

だが、わたしの曾祖父は違っていた。

偉丈夫だった曾祖父は、年老いてからもかくしゃくとし、漢方「薬典」の主《あるじ》として界隈《わい》でも名が知れ渡っていた。並外れた商売気と大向こうを唸《うな》らせるような口上が功を奏したのか、店の賑《にぎ》わいは、市街地の日本人の耳にも伝わるほどだった。

いっこうに衰えない曾祖父の活力をめぐって、近所ではいろいろな噂《うわさ》が飛び交ったらしいが、家伝の秘薬をいつも煎《せん》じて飲んでいるらしいというのが、大方の一致した見方だった。

精力抜群でお大尽《だいじん》のような風情を漂わせたわたしの曾祖父は、母にはまぶしいほどに輝いて見えたに違いない。

「オモニがハラボジ（お祖父《じい》ちゃん）のような男だったら、たくさんカネば稼いだとにね。アボジ（お父さん）は、正直一本やりで、商売にゃむいとらんもんね」

自分の夫の商才のなさをくさす時の母のセリフには、いつもわたしの曾祖父への畏敬《いけい》の念が溢《あふ》れていた。母のたくましい商魂と才覚は、確かに曾祖父から受け継がれたのだ。

一男四女の長女だった母は、そのあどけない瞳とえくぼの愛くるしさもあって、ことの外、わたしの曾祖父と祖母にかわいがられたらしい。旧《ふる》いしきたりや作法、土俗的な習俗や祭儀に対する母の強いこだわりは、ふたりの寵愛《ちょうあい》を通じて育まれたのである。

だが、その寵愛の深さは、母を外の世界に向けて送り出すことを妨げる結果となった。女子には教育など必要ないという考えも根強く、幼い母は曾祖父と祖母の紡ぐ繭《まゆ》の中で微睡《まどろ》むように学校の時間から切り離されていったのである。

時代は柳条湖《りゅうじょうこ》事件を機にただならぬ暗雲が立ちこめ、大陸侵攻の拠点であった鎮海にも、軍靴の足音が響き渡ろうとしていた。それでも母は、曾祖父と祖母が設《しつら》えた「昨日の世界」の中で少女らしい甘美な夢に浸っていたのである。

だが母を取り囲む「昨日の世界」は脆《もろ》くも打ち砕かれ、夢心地の少女は世間の冷たい外気に晒《さら》されるようになる。キッカケは曾祖父の死だった。さしもの元気な曾祖父も、肺炎を患い、眠るように息絶えたのである。九十五歳の大往生だった。

大黒柱を失った禹《ウ》家の家運は傾き、その日その日の生きる糧すらおぼつかなくなった。酒浸りで放蕩三昧《ほうとうざんまい》のわたしの祖父など当てにならず、一家の暮らしは祖母のか弱い双肩にかかるようになる。

だが、女手でできることは限られていた。行巌湾桟橋近くの魚市場に面した小さな路地に露店を出し、自家製のキムチやチヂミ、ナムルやケジャンなどを売り、日銭を稼ぐのが精一杯だった。

それでも、魚市場に転がっている海の幸の残り物を拾い集めれば、喰《く》うには困らなかったらしい。タイ、ハモ、アナゴ、スズキ、サワラ、ヒラメなどといった、高級魚の端くれだけでなく、干し魚のイリコがささやかな食卓を彩った。

「うまかねー、このダシは。やっぱり、ダシはイリコに限るばい。この味は、イリコしか出せんけんね」

目を細めながら、おたまで掬《すく》っただし汁を味見するときの母の笑顔には、イリコにまつわる懐かしい記憶が甦《よみがえ》っていたに違いない。小魚のイリコの匂いは、故郷の海の潮の香りを伝えていたのである。

運がよければ、普通学校を卒業している年齢に達していたはずの母は家の手伝いに明け暮れ、いつの間にか、健気《けなげ》にも小さな露店の主になりきっていた。

大漁のときには、漁師たちが船の上で鉦《かね》や太鼓をたたいて踊り、漁港は蜜に群がる蟻《あり》のように黒山の人だかりができるほどだった。魚市場はわれ先に争うように鮮魚を求める仲買人や行商人、「おこぼれ」に与《あずか》ろうとする露店主などでごった返していた。殺気だった大人たちの間隙を縫うように、母は市場の中をあくせくと動き回り、「おこぼれ」を拾い集めるのに夢中になっていた。

時おり、鼻洟《はな》をすすりこみながら、いたいけな咽《のど》から迸《ほとばし》るような喚声《かんせい》をあげる母。そこには大人顔負けの勝ち気な少女の磊落《らいらく》さが溢れていた。そんな時は、みずからの不遇を忘れていたに違いない。

しかし、普通学校にすら通えず、女学校の門をくぐることなど、夢のまた夢だったわが身を思うと、やるせない悲しみがこみ上げてくることがあったに違いない。

当時、学齢期に達した朝鮮人児童の間では、普通学校への就学率は極端に低く、とりわけ女子の就学は限られていた。女に生まれてきたというだけで、因循な旧弊と植民地支配の差別がたたり、女子は肩身が狭い境遇に甘んじなければならなかったのである。そういう運命を素直に受け入れていた母も、世間の外気に触れるにつれて、女に生まれてきたことをこぼすようになっていた。

「字ば知らんとほんなこつ哀れなもんたい。なぁーもわからんけん。人から馬鹿にされ、損ばするだけたい。オモニが字ば知っとったら、大きか会社の社長さんになっとったばい。せめて、小学校でも出てればよかったのにね」

母の言葉の端々には文字を知らないわが身へのやるせない気持ちが滲《にじ》んでいた。そのくやしさがそうさせるのか、わたしの娘に会うと、いつも「リカ、お前は女ばってん、ハルモニ（お祖母ちゃん）の時代とは違うとだけんね。女も男もなかよ」というのが口癖だった。

植民地の娘はすぐに大人になるのか、母は十五の春を過ぎ、働き者の女に成長していた。色白のうりざね顔に大きな瞳、笑うとえくぼが印象的な生娘《きむすめ》は、きゃしゃな体に似合わず頑丈で、人目を引いた。

年頃になった母が、馴染《なじ》みの行商の仲介である青年と知り合ったのは、太平洋戦争が勃発する年の初めだった。紹介されたのは、鎮海線で鎮海駅から三十分ほど行ったところにある昌原《チャンウオン》の鄙《ひな》びた田舎《いなか》の貧しい小作人の倅《せがれ》だった。日本名「永野馨也《ながのけいや》」、民族名「姜大禹《カンデウ》」という質朴そうな青年だった。

幼くして母を亡くし、貧しさに押されるように単身、日本に出稼ぎに出たわたしの父、カン・デウは、数々の職場を転々とするうちに、東京近郊の軍需工場で働くようになった。二十六歳の時だった。

父の境遇は決して例外だったわけではない。それは、父と同じような貧しい農家の青年たちを巻き込んだ、歴史の奔流の一コマにすぎなかった。

時代の重々しい曇天に押しすくめられたかと思うほど、父は背が低く、大柄で秀麗な顔立ちの弟テソン（わたしの叔父）と較《くら》べて、明らかに見劣りしていた。だが、それでも端整な顔立ちとがっちりとした体つきは、父の背の低さを補って余りあるものがあった。そして何よりも、張りのある野太い声が、外見に悠揚とした落ち着きを与えていた。

父に見初《みそ》められた母だったが、父の顔をまともに見ることも憚られ、ただ俯《うつむ》いたまま、恥じらいの表情を見せるだけだった。写真の青年が気に入らないわけではなかったが、親たちの一方的な取り決めに抗弁することもできず、母は父の許嫁《いいなずけ》として海を渡る決心をしたのである。

自分が口減らしの犠牲をかってでれば、きっと母親も安心してくれる。このまま鎮海にとどまっても、苦労をするだけだ。日本に行けば、ここよりましかもしれない。でも、見知らぬ、言葉もわからない異郷の地で生きていけるだろうか。まだ生娘のような恥じらいの残る母の小さな胸はざわめき、不安で張り裂けそうだった。

見合いを済ませた父は、何かに急《せ》かされるようにあたふたと日本に帰って行った。すべてが戦争という一点に向けて猛烈な勢いで走り出そうとしているようだった。

旅立ちの日が近づくにつれて、母はしくしくと泣きながら祖母にまとわりついて離れようとはしなかった。


「オモニ、オモニ、オモニ……」


十六歳の春、あどけなさの残る生娘は、得体の知れない運命におののき、すがれるものを探しあぐねていたのである。

やがてその日はやって来た。街角や小高い丘に桜吹雪が舞う季節、油気のない髪をひっつめ、白いチマ、薄萌黄色《うすもえぎいろ》のチョゴリにコムシン（ゴム製の伝統靴）を履いた朝鮮の娘は、背後に道仏山《トブルサン》を望む小さな鎮海駅の停車場に佇《たたず》んでいた。

わたしの祖母が愛用した、古びた風呂敷には、わずかばかりの下着とお気に入りの玩《がん》具《ぐ》、そして遠浅の海で拾い集めた貝殻が詰まっていた。ところどころに横なでのかすかな皹《ひび》割《わ》れの残る両頬を紅潮させ、今にも泣き出してしまいそうな生娘は、自分を見送る母親の胸中を思い、健気にもがまんしているようだった。

風呂敷包みを抱いた手の中には三等の赤切符と、婚約者のいる住所「巣《す》鴨《がも》三丁目……」を記した紙切れがしっかりと握りしめられていた。

関《かん》釜《ぷ》連絡船の桟橋に辿《たど》り着くには、昌原駅で馬山《マサン》線に乗り換え、さらに京釜《キョンプ》線と繋《つな》がる三浪津《サムナンジン》駅を経由しなければならない。釜山駅に到着するまで、三時間ほどの汽車の旅である。いよいよ車窓の客《ひと》になれば、二度と故郷の地を踏むことはないかもしれないのだ。

停車場からは海は眺められなかった。クンクンと匂いをかぎわける子犬のように、娘は春風が運んでくる微かな潮の香りを感じ取ろうとした。

頭上には鳶《とび》が両翼を大きく広げて、風に舞い上がるように悠然と泳いでいた。「ピーッ、ヒョロヒョロ、ロー」鳶の乾いた鳴き声がこだました。時ならぬ声に少し驚いたように娘は頭上を見上げた。春ののどかな陽光が娘をやさしく包んでいるようだった。

二　熊本の地に立って

車窓から身を乗り出し、いたいけな咽《のど》を反らせて喚声を迸《ほとばし》らせる小娘に煤煙《ばいえん》が容赦なく吹き付け、故郷の景色は次から次へと後ろへ流れていった。「きっとまたみんなに会える、きっと……」そう自分に言い聞かすのが精一杯だった。

だが、それから三十年の間、彼女に故郷の春がめぐって来ることはなかった。あどけなさの残る小娘には、自分の母親がいなくなることなど、頭の片隅にも思い浮かばないことだった。そんなことを考えるには、若い娘の血は余りにも温か過ぎたのである。だが、時代は母のまったく与《あずか》り知らないところで巨大な業火となって燃えさかろうとしていた。

彼女が、必死の思いで、東京・巣鴨の嫁ぎ相手が待つ社宅に到着したのは、下関に降り立ってから一週間が経《た》った頃だった。どんなツテを頼りにそこに辿《たど》り着いたのか、その詳しいいきさつはわからない。しかも、ふたりとも、東京での生活の一部始終を語ることは一度もなかった。辛《つら》い、心の奥深くしまっておきたい思い出の数々が、彼らの口を重くしたのかもしれない。

それでも、後年、池袋近くの夜景を見ながら、「巣鴨三丁目は……」と、ほとんど聞き取れないような声でぼそぼそと呟《つぶや》いていた母の目には、心なしか涙が光っているようだった。その潤んだ目は、夜の宙を彷徨《さまよ》い、スモッグの塊から弱々しい光を放つ小さな星たちに注がれているようだった。「あの時、ハルオがね……」それっきり押し黙ったままだった。

母が、必死の思いで父の元に辿り着き、ささやかな新婚生活を始めたその年、「大東亜戦争」が勃発し、日本中が戦時色に塗りつぶされていった。

すでに、東京市内では野菜不足が深刻化し、行列買いがありふれた光景になりつつあったが、翌《あく》る年には味噌《みそ》・醤油《しょうゆ》の切符配給制や衣料の点数切符制が実施され、食糧不足は悪化の一途を辿りつつあった。買いだめやヤミ商品が横行し、庶民の生活は、困窮を極めていった。

言葉もほとんど解さず、見よう見まねで非常時の生活難をしのがねばならなかった朝鮮の娘には、余りにも苛酷《かこく》なめぐり合わせだった。わずかな自尊心も踏みつけにされ、娘らしい恥じらいも色あせていった。どれほど目を腫らして泣き続けたかわからない。

しかし、生きていかなければならないのだ。

「苦しかったばい、あの頃は……。ばってん、ハルオちゃんが生まれたけんね。ほんなこつ、かわいかったとたい」

舌なめずりをするように語る母の口元には、子供心にも微《かす》かな嫉妬心をおぼえるほどの、春男に寄せる愛情の深さが表れていた。

一歳にもならない春男をかかえ、父と母が、父の妹夫婦と一緒に尾張一宮《おわりいちのみや》近郊に疎開したのは、敗戦の年の三月初めだった。どのようないきさつで、そこに疎開することになったのか、今となっては確かめようもないが、ただ、いつも、巣鴨と一宮のふたつの地名が、母の脳裏から離れることはなかった。

三月十日、東京ではB‐29が下町を襲い、二十万以上の家屋が焼失し、死者十万人を超す空前の大惨事となった。いわゆる東京大空襲である。

母たちは、運良くこの大難を逃れることができたが、それでも悲運はついて回った。一宮近郊に疎開して間もなく、名古屋大空襲に見舞われることになったのだ。

「焼夷弾《しょういだん》が降って来てね、あちこちで人が燃えよったけんね。ほんなこつ、地獄だったばい。どがんして逃げたか、よう憶《おぼ》えとらんたい」

日本の木造の家屋を効果的に焼き払うために開発された焼夷弾は、まさしく無差別爆撃の切り札だった。それは、ゼリー状の油脂を詰めた、細長い筒状の焼夷弾を内蔵するクラスター構造をなし、投下後、上空数百メートルで分離してバラバラになって火の雨のように一斉に降り注ぎ、人体に突き刺さって丸ごと燃やし尽くしたり、地上のあらゆるものに激突して業火となって燃えさかるのだ。

「何か、火の雨のごたったばい。夜に空ば見上げとったら、たくさんの細か線ば引くごたる火がずーっと降って来たとだけんね。きれいかったけん、見惚《みと》れとったくらいたい。ばってん、周りが昼間のごつ明るくなって、もうその後は、死に物狂いだったけんね」

その目に美しい火の雨のように映ったものの正体など母は知る由もなかった。貫通力を高めるよう、焼夷弾を垂直に保つために取り付けられたリボンに着火し、それが尾を引きながら、火の雨のように夜空をゆるゆると落下していたのである。

母たちは、灼熱《しゃくねつ》の炎から身を守るため近くの用水路に夢中で駆け込み、一晩中、半身を水に浸したまま、朝が来るのを待ち続けた。皆が無事、空襲をやり過ごせたのは幸いだった。しかし、ほどなくして春男は衰弱のために事切れてしまうことになった。

死児を抱いた母は狂乱の形相で泣き叫び、泣き声が静まった後は、春男の死に顔を見つめたまま、ぼそぼそと「茶摘」の歌を歌っていたという。

数日後、春男はちっぽけな骨になり、粗末な箱にしまわれて、母と共に旅をすることになるのである。

すべてが失われ、悲しみと絶望だけが残されているようだった。父も母も、生きる気力すら萎え、とぼとぼと駅に向かって歩き出していた。

「還ろう、郷《くに》に。日本でいいことなどなかった。もう戦争も終わる。負けだ、ボロ負けじゃないか。還ろう、還るんだ。ただ、その前に弟に会っておかなければ……」

＊

父の弟、わたしの叔父姜大成《カンテソン》は、当時では珍しく大学の法学部に通い、しかも憲兵となって熊本に赴任していたのである。

テソンは、父の自慢のタネだった。姜家の期待を一身に担った秀才であり、名門大学の法学部に籍を置いたテソンには、父にはない華があった。明朗快活な社交性。黒々として艶のある髪に太い眉。すっと通った鼻筋と輝くような大きな瞳。長身で大柄の堂々とした体軀《たいく》。テソンは、多くの友人に恵まれ、その周りはいつも華やいでいた。

ただ彼の悩みは、ただひとつ、自分が生粋の日本人ではないということだった。「内鮮一体」のスローガンにもかかわらず、「鮮人」との差別の障壁は、地中深く根を張っていた。才能に恵まれ、出世欲も旺盛な植民地のエリート青年の胸中には鬱屈した憤懣《ふんまん》が募っていた。だが、皮肉にも帝国崩壊の予兆が、青年に権力の階段を上っていく機会を準備することになったのである。

敗色が濃くなった一九四五（昭和二十）年の春、憲兵の大規模な編制配置の変更で各軍管区に憲兵隊司令部、各管区内に憲兵隊地区が、それぞれ設置され、テソンは西部軍管区内の熊本地区憲兵隊に勤務することになったのである。

母の回想によると、テソンの身元は徹底的に洗い出され、それこそ尻の穴まで覗《のぞ》かれるような検閲を受けたようだ。

「憲兵隊が家《うち》にも来てね、義弟《おとうと》から預かっとった本やら雑誌やら、片っ端から調べよったけんね。手紙まで出すように言われてね。やっぱり、あの時代に憲兵になるとは大変だったとばい」

憲兵になれば、下士官でも革長靴と軍刀、拳銃を着用することが許され、適正な司法警察権の行使を名分に営外居住が可能だった。しかも、上等兵になれば、当時の小学校の校長を上回る破格の待遇が約束されていたのである。テソンはそれに飛びついた。そして首尾よく関門をくぐり抜け、晴れて新天地に活路を求めることになったのである。一八八八（明治二十一）年、熊本鎮台が第六師団となって以来、文字通り軍都として栄えた熊本市は、繰り返される戦争のなかでその戦時体制を支える九州の要衝として成長した自治体だった。

その熊本市東部の健軍《けんぐん》には、一九四一（昭和十六）年、陸軍の生産増強命令により三菱重工名古屋航空機製作所の分工場が官設民営工場として建設されることになった。三年後の一九四四（昭和十九）年に竣工《しゅんこう》した分工場は熊本航空機製作所として敗戦まで四十六機の四式重爆撃機「飛龍」を生産していた。

そして、叔父テソンが赴任する頃、製作所では米軍爆撃機B－29の迎撃用戦闘機として、ロケット戦闘機「秋水」が密《ひそ》かに開発、生産されようとしていたのである。ドイツのロケット戦闘機を模した「秋水」は、戦況転換の切り札として各方面から期待されていた「秘密兵器」であった。その秘密保持と管理は厳重を極めたに違いない。そのこととテソンの任務との間にどんな関係があったのか、今となっては知る由もない。

熊本に向かった父や母にとって、その間の道程は、困難を極めた。鉄道は、命からがら避難する乗客で溢《あふ》れかえり、車輛《しゃりょう》の外にも人だかりが絶えなかった。列車はよろよろと歩くように少しずつ前へ進むだけで、勢いよく煤煙を吐き出して進む機関車の雄姿が甦《よみがえ》ることはなかった。途中、わずかな食料で飢えをしのぎ、行く先々でねぐらを見つけては野宿をし、列車を乗り継ぐ日々が続いた。名古屋、岐阜、大阪、神戸、岡山、広島、下関、博多そして熊本。

熊本駅のプラットホームに降り立った時には、父と母からはすっかり生気が失われ、ふたりは呆然《ぼうぜん》としたまま、一言も口が利けない状態だった。

危うく戦災を免れた駅舎が灼熱の太陽を照り返して、にぶい光を発していた。辺りは、炎天下で静まりかえり、からからに乾いた路面に死体らしきものがいくつか転がっているのがわかった。

駅前から市の中心街に向けて、視界を遮るものはほとんど消え失《う》せ、はるか遠くに阿蘇の山並みが見晴らせそうだった。名古屋で目撃した光景がここでも再現されていた。

七月一日、真夜中の十一時三十分頃、アメリカ軍第二一爆撃飛行集団傘下の第七三爆撃飛行団が、サイパンを飛び立ち、九州の南西をなでるように飛んだ後、天草下島《あまくさしもしま》上空から宇土《うと》半島を越えて熊本市上空に達し、B-29から千トン以上の焼夷弾を投下し、市内を火の海にしたのである。

この熊本大空襲で市中心部と健軍の三菱重工熊本航空機製作所などの工場周辺が破壊され、市街地の五分の一が焦土と化した。死傷者は八百人を超え、罹災《りさい》家屋は一万戸近く、罹災者は四万人にのぼる大惨事であった。

父と母は、廃墟《はいきょ》と化した市街を、重い足取りでとぼとぼと健軍方面に向けて歩き出していた。

じっと立っているだけで目眩《めまい》がしそうな猛暑だった。しかも、蒸し風呂の中にいるような、異常な蒸し暑さだった。毛穴からどっと汗が噴き出し、着た切り雀《すずめ》のボロボロの国民服の中をごそごそと虫が這《は》い回っているようで、気味が悪くなるほどだった。

暑さと湿気を忌み嫌った母は黙々と歩きながら、時々、気がついたように「トープタ（暑い）、トープタ、ムトープタ（蒸し暑い）」と、まるで自分に言い聞かせるように口を動かしている。父は、まなじりを決したようにじっと前方を向いたまま、のそのそと歩き続けるだけだった。市街の悲惨な光景も、もはや無感動になってしまった彼らの心を動かすことはなかった。それほど、ふたりは、空腹と渇きで心身の動きが鈍っていたのである。

どのくらい歩き続けただろうか。瓦礫《がれき》と化した街並みにひときわ浮き出たような健軍神社の鳥居が目に入った時、父の顔にうっすらと安堵《あんど》の色が見えた。


「やっと来た、やっと……」

喜怒哀楽を表すことの苦手な父が、相好を崩して笑っている。テソンの手紙だけを頼りに目指す場所に辿り着けた満足感で父は少しばかり意気軒昂《けんこう》となった。

幸い、健軍神社の本殿も、周囲の建物も空襲を免れていた。社務所に立ち寄り、テソンの家の住所を尋ね、とうとうふたりは、彼と再びまみえることになったのである。

運よく破壊を免れたテソンの家は、小さな門構えの平屋建てだったが、周囲の瓦礫とは好対照な佇《たたず》まいを誇っているようだった。

主は留守だったが、妻が子供をあやしながら奥から出てきた。テソンが学生の頃恋仲になって、周囲の反対を押し切って添い遂げた女性だった。新潟か、秋田の出で、大きな地主の娘だった。色白の端整な顔にもの悲しいような瞳が印象的なおっとりとした女性だった。テソンは、いかにも大和撫子《やまとなでしこ》のイメージを彷彿《ほうふつ》させる清楚《せいそ》な感じが気に入っていた。

だが、父は結婚には反対だった。従順なように見えて、どこか移り気な様子が窺《うかが》える彼女の立ち居振る舞いに不安を感じていたからである。ただ、本当の理由はそこにあったわけではない。姜家の誉れであるテソンには、やはり同じ民族の血が流れる女性がふさわしいと考えたからである。

婚約者を紹介されると、父は憮然《ぶぜん》とした表情を見せ、珍しくテソンを叱責した。その声は震え、目にはうっすらと涙が光っていた。年端のいかない頃から背骨が折れ曲がるほどの重労働に耐え、どんな時にも一言も弱音を吐かなかった父は、ただ姜家の長男としての重責を全うすることに全力を傾けた。テソンが大学に通い、人並みの学生生活を送ることができたのも、すべては父の犠牲のたまものだった。父は、秀でた弟に自分の夢を託そうとしたのである。

だが、そうした記憶も、もう遠い過去の出来事のように思えた。

泣きじゃくる赤ん坊に手を焼きながらも、テソンの妻は、うれしそうにふたりに挨拶をし、しきりに申し訳なさそうな顔をした。母は、女の子と思しき赤ん坊の顔をしげしげと見つめ、懐かしそうな、悲しそうな顔をした。

すると、外からキュッキュッという革長靴の音が聞こえた。玄関のガラスに長身の影が映った。

三　「玉音放送」の日に

久しぶりに再会したテソンは別人のようだった。骨太ながら、どこかひょろっとしていた体軀《たいく》は、いつの間にか逞《たくま》しい精悍《せいかん》な肉付きに変わっていた。軍服のボタンがはじけそうな厚い胸にどっしりとした下半身の大柄な体軀からは、周りを威圧するような存在感が漂っていた。しっかりと引き締まった首、太い眉毛の下には猛禽類《もうきんるい》を思わせるような大きな目が輝き、辺りを睨《にら》みつけているようだった。

一瞬ぴーんと張り詰めた空気が流れたが、訪問の客が兄と義姉だとわかると、テソンは相好を崩し、人なつっこい柔和な笑顔を見せた。

「兄さん、義姉《ねえ》さん、よく無事でしたね。よかった、よかった。心配していました、便りがないから……」

いつもの張りのある清朗な声ではあったが、どこか沈み込んだ感じが尾を引いていた。それが気がかりではあったが、飢えと疲労で、父と母は朦朧《もうろう》としたままだった。再会の喜びも束《つか》の間《ま》、ふたりはへなへなと玄関に座り込んでしまった。「何か食べるものはないか……」絞り出すような父の声は、かすれて今にも消え入りそうだった。

台所の隅の床下からゴソゴソとテソンが取り出してきたのは、父や母が一度も見たことのないような缶詰やお菓子、そしてタバコといった品々だった。彼は憲兵の特権を利用して軍の貯蔵物資の一部を隠匿し、横流ししていたのである。

屑《くず》野菜が浮いているような雑炊やモソモソとして硬い玄米食にしかありつけなかった父や母にとって、それらの品々は別世界からの贈り物のように思えてならなかった。父と母がむさぼり食う姿を、テソンは凝視するように見守り、傍らで妻は哀れむような表情で見つめていた。

やがて皇紀二六〇〇（一九四〇〈昭和十五〉）年を記念した「金鵄《きんし》」（ゴールデンバット）を吹かし一息ついた頃、父はテソンにやっと声をかけた。

「これからどうなる、どうなるんだ……」

まるでしずくがひとつぽつりと落ちるような声だった。辺りは静まりかえり、沈黙がその場の空気を重くした。

「兄さん、明日、どうやら何か重大な発表があるようなんです。まだ詳しいことはわからないのですが……」

敗戦という言葉を口に出すことは憚《はばか》られたが、もうそれは避けられそうにもなかった。すでに七月初めの熊本大空襲以来、軍管区上層部の動揺は著しく、憲兵隊内でも敗戦後を見越した上官たちの勝手な振る舞いが目に余るほどだった。テソンの心の中にぽっかりと穴が空くような虚脱感が広がりつつあった。彼らに対する怒りと自責の念がない交ぜになり、彼は鬱勃とした感情を持てあましていた。

しかし、事態は切迫していた。このまま指をくわえて座視していては、身に危険が及びかねなかった。米軍が上陸してきた場合、我が身はどうなるのか。テソンは進退窮《きわ》まり、途方に暮れていた。思いつめた表情を、傍らでその妻が赤ん坊をあやしながら不安そうに眺めている。

その夜、父と母は、酔いつぶれたように前後不覚に意識を失い、泥のように眠ってしまった。朝方、かっと照り出した南国の夏の日射しで目が覚めたふたりは、一瞬、今自分たちがどこにいるのか、わからないほどだった。心地よい気分だが、節々が痛み、起き上がるのが大儀だった。

久しぶりの安眠に、母は幸せそうだった。天井をしげしげと見つめながら、ぽつんと「あなた、ハルオと三人で一緒にいられたらね……」と呟《つぶや》いた。父はただ無言でじっと目を閉じたままだった。

東京を逃げだし、熊本に辿《たど》り着くまでのどさくさの日々が、まるで遠い昔のようで、今平穏に布団の上で横になっている自分たちの姿が何かしら嘘《うそ》のような気がしてならなかった。やっと訪れた束の間の安らぎ。しかし、一粒種の春男はいない。深い喪失感がふたりを襲い、このままずっと寝入っていたいほどだった。

　ふたりが身支度をして台所に出ると、障子を開け放った隣の和室にすでにテソン夫婦が正座して待ち構えていた。真ん中に小さな卓袱台《ちゃぶだい》が置かれ、それまで父や母が見たことのないような干物や煮物、色取り取りの果物やお菓子が並べられていた。とりわけふたりの眼を引いたのは、大きなどんぶりに天こ盛りにされた白米だった。一粒一粒がまるで、白い小さな真珠のようにピカピカと輝いていた。

　テソンの横には、地酒の「美少年」の一升瓶が置かれていた。八月の大空襲で製造元の工場も全焼したが、配給ルートから横流しされたものの一本だった。父はまったくの下戸《げこ》だったが、テソンはわたしの祖父に似て、酒豪だった。酒に酔っても、酒に酔わされることはない。これが彼の心得だった。

　しかも、愛飲したのは日本酒で、辛口の「美少年」がことのほか気に入っていた。学生の頃、杜甫《とほ》の詩をいくつか諳《そら》んじていたテソンは、「美少年」という酒名が杜甫の飲中八仙歌の崔宗之《さいそうし》の品位をうつしたものであることを知ると、「美少年」以外には目もくれなくなっていた。

　慣れた手つきで湯飲み茶碗《ぢゃわん》に「美少年」を注ぐと、テソンは湯飲みをそれぞれ父と母、そして妻に差し出した。最後に自分の湯飲みになみなみと注ぐと、一瞬、息を呑《の》み、目配せをしながら、呑むように勧めた。

普段、一滴も酒を嗜《たしな》まない父も、一口、ぐいと口に含むと、苦い薬を飲むような仕草をした。母は、父ほどの拒絶反応はなかったが、おちょぼ口のように口を窄《すぼ》めて恐る恐る流し込んだ。テソンの妻は、湯飲みの中をじっとにらみながら、口を開こうとはしなかった。

テソンは湯飲みを呷《あお》るように飲み干すと、まるで取り憑《つ》かれたように、次から次へと勢いよく「美少年」を咽《のど》に流し込み、フーッと深く息を漏らした。父や母が食べることに夢中になっているうちに、一升瓶の「美少年」はみるみる消えてなくなり、最後の一滴が名残《なごり》惜しそうに湯飲みに注がれる頃、彼の顔は上気し、いつになく酒に酔わされている感じだった。やおら、目を閉じ、半ば唸《うな》るような声で杜甫の詩を詠《えい》じ始めた。

「国破山河在　　国破れて山河在り
城春草木深　　城春にして草木深し
感時花濺涙　　時に感じては花にも涙を濺《そそ》ぎ
恨別鳥驚心　　別れを恨んでは鳥にも心を驚かす」

安史《あんし》の乱で荒廃した都を嘆いて詠《よ》んだという「春望」の一節は、テソンには憂国の情、切々と迫るものがあったに違いない。痩せ老いさらばえた祖国を棄《す》て、大日本帝国に自らの浮沈を託し、一線を越えてしまった彼は、帝国の崩壊の時を迎え、もはや帰って行くべき場所がなかった。その幾重にもねじれた無念と悔恨が、ふつふつとこみ上げ、肩を震わせながら慟哭《どうこく》していた。

　母には「春望」の意味など、皆目見当もつかなかった。ただ、泣き崩れる義弟の姿がいじらしかった。堪《こら》えきれずに泣き崩れるその妻の姿が痛々しかった。

　ほどなくして、テソンは無言のまますっと立ち上がり、隣の部屋に退いていった。やがて再び父や母たちの前にすっくと立った彼は、凛々《りり》しい姿に変身していた。軍刀をさげ、憲兵の腕章が鮮やかな軍服姿で直立不動の姿勢になり、やがておもむろに上体を前屈みに曲げるとラジオのスイッチを入れた。

　天皇の肉声が聞こえてくることは驚天動地の出来事だった。独特の甲高《かんだか》い声が、いったい何を伝えようとしているのか、父にも母にもほとんど了解できなかった。ガー、ガーと雑音だけが耳朶《じだ》に触れた。


「朕《ちん》深ク世界ノ大勢ト帝国ノ現状トニ鑑《かんが》ミ非常ノ措置ヲ以《もっ》テ時局ヲ収拾セムト欲シ茲《ここ》ニ忠良ナル爾《なんじ》臣民ニ告ク……国体ノ精華ヲ発揚シ世界ノ進運ニ後レサラムコトヲ期スヘシ爾臣民其レ克《よ》ク朕カ意ヲ体セヨ」

うやうやしく頭《こうべ》を垂れて拝聴していたテソンの肩がわなわなと震え、むせび泣きする声が辺りの沈黙を破った。感極まったように突然、「天皇陛下万歳」と叫ぶや、膝からくずおれ、号泣するばかりだった。

どれほどの時間がたっただろうか。泣きはらした後のテソンの顔には、何かサバサバしたような諦めの表情が浮かんでいた。

「兄さん、義姉《ねえ》さん、妻と子供をよろしくお願いします。このまま生きていくことはできませんから。いつかこんなことになるんじゃないかと、予想はしていたんですが……。お願いします、兄さん、義姉さん」

傍らで妻が両手で顔を隠すようにしくしくと泣いている。母親の異変が乗り移ったように、あどけない娘も大声を出して泣きじゃくりだした。

「逃げましょう。逃げましょうよ。どうして死ななければならないんですか。あほらしい。生きてれば、何とかなるんだから。お兄さんがあなたのためにどんなに苦労したか、よく知っているでしょう。逃げるんですよ」

母が意を決して訴えると、父も畳みかけるように母の言葉を継いだ。

「そうだ、逃げるんだ。死んでどうする。お前は我が家の誉れなんだぞ。日本が負けても、ウリナラ（我が国）は解放されるんだ。みんな喜んでいるはずだ。還ろう、故郷へ還ろう。こんな所にいてはろくなことにはならないから」

テソンは黙したまま何も答えられなかった。周囲の同胞たちの、怒気を帯びた表情がいくつも浮かんでは消え、消えては浮かんできた。憲兵への懼《おそ》れと日帝（大日本帝国）の走狗《そうく》への蔑《さげす》み。その複雑な視線をいつも感じていた彼は、ただ自らの因果をもてあましていた。退路を断たれ、自滅の道しか残されていないように思えた。テソンは自分がすべてから見放された感じがして、死に向かって一目散にかけ出したい衝動に駆られていたのである。

しかし、恩義のある父や母の声に耳を閉ざすわけにはいかなかった。また生への未練が残っていないわけでもなかった。そして妻子が不憫《ふびん》だった。「どうすればいいか……」思案の挙げ句、テソンはひとまず身を隠そうと決心した。「でも、どこに身を隠せばいいのか……」堂々巡《せ》りが続き、外は焼けるような日射しが辺りを照らすばかりだった。クマゼミがまるで急き立てるように、けたたましく鳴きはじめた。

「そうだ、あそこならば、大丈夫かもしれない。あの万日山《まんにちやま》の洞窟ならば……。うん、きっとあそこなら」

テソンの脳裏に浮かんだ隠れ家は、万日山という、熊本駅の北々西の方に見える小高い山にある地下工場周辺の待避壕《ごう》だった。熊本大空襲によって健軍の航空機製作所は壊滅的な被害を受け、工場とその関連施設を万日山をはじめ、いくつかの地下工場に分散する計画が進んでいたのである。その建設作業には多くの朝鮮人が駆り出され、テソンはその一部始終を検分していた。万日山やその周辺の地形などに詳しかった彼にとって、そこが格好の隠れ家と思われたのである。

テソンは、ひとまず万日山に隠れることに意を決した。すでに巷《ちまた》では米軍や中国軍の上陸が間近に迫り、女は犯され、虐殺されるというデマが流布し、大八車やリヤカーで阿蘇や矢部《やべ》に夜逃げする人々が出る騒ぎとなった。

夜陰に乗じてテソンたちは万日山の中腹に穿《うが》たれた小さな洞窟のような待避壕に向かうことにした。貯め込んだ物資を新聞紙に包んでリヤカーに載せ、筵《むしろ》で覆って運べば、テソンひとり一、二週間はしのげそうだった。

テソンの家から万日山の麓《ふもと》まで数時間を要した。大人四人とはいえ、暗い夜道をリヤカーを押して進むのは、思った以上に大儀だった。なだらかな山ではあったが、足元がおぼつかず、凸凹《でこぼこ》道の窪《くぼ》みにタイヤがはまり、何度も立ち往生せざるをえなかった。屈強なテソンが、汗だくになってリヤカーを引き、後ろから父と母、それに乳飲み子を抱えた妻がそれを押し、やっと待避壕の近くに辿《たど》り着いた頃には、ぼんやり東の空が白みはじめていた。母のブツブツと呟く声だけが、不気味に静まりかえった辺りに響いた。

「汽車ぽっぽ、なんだ坂、こんな坂、汽車ぽっぽ、なんだ坂、こんな坂……」

母の呟きを耳障りに感じていた父も、いつしかその声が励ましのエールのように聞こえ、咽の奥で「なんだ坂、こんな坂……」と呟いていた。そしてテソンもまた、声に出さずとも、心の中で母の声に唱和していた。赤ん坊を抱えた彼の妻は、ただ押し黙っていた。

雑草の生い茂る辺り一面から、草熱《くさいき》れの余韻が伝わってきた。待避壕は、カモフラージュがほどこされ、外からはまったく識別ができないほど自然に溶け込んでいた。

どこが入り口なのか、皆目見当がつかなかったが、テソンはしっかりとその場所を憶《おぼ》えていた。所々に露出した岩肌を目印に、どこが入り口なのか、その目当てをつけることができるようにしておいたのである。

待避壕の中はひんやりとした闇に包まれ、時間の経過から取り残された過去の世界へと誘《いざな》われているようだった。今にも物《もの》の怪《け》が飛び出してきそうで、母は一瞬、ひるんでしまった。蠟燭《ろうそく》の灯《とも》りが点され、壁に映し出された人影が揺らめきはじめると、その光景は何かしら懐かしい記憶を呼び起こすようだった。どこかでこんな光景を見たような、そんな思いがふと母の心に浮かんできた。

「兄さん、義姉さん、もうここまで来れば大丈夫ですよ。この辺りのことはよく知っていますから、ここに隠れていれば、見つかることはないでしょう。妻と幸子《さちこ》をお願いします」

日の出の時間は差し迫っていた。もはや一刻の猶予もなかった。

四　混乱の中で

クマゼミのけたたましい鳴き声は、洞窟の中でうなりを上げ、耳をつんざく悲鳴のように聞こえた。一瞬、それが地から湧いてくるような多くの人々の叫び声に変わりテソンを呼んでいるように思われた。びっしょりと汗が噴き出し、体の隅々に老廃物が沈殿しているようだった。

と突然、首筋から耳元にもぞもぞと薄気味悪い感覚が走り、あわてて飛び起きると、ぽたぽたとムカデのような虫が落ちた。暗がりに沈む黄緑色のゲジたちを踏みつけると、足元からキューと哀れな虫たちの悲鳴が聞こえてきそうだった。まるで自分を苛《さいな》むように、テソンは踵《かかと》に思いっきり力を込めて何度もゲジを踏みつけた。

「この虫けらめ、この虫けらめ……」

心の中で呟《つぶや》きながら、自らの運命こそ虫けら以下の境遇に成り下がっているように思えてならなかった。これからどうなるのか、皆目見当もつかなかった。そう思うと、洞窟の入り口に差し込む夏の強い日射しがやるせなかった。

「下界」はテソンが想像する以上に混乱し、流言蜚語《ひご》が飛び交い、人心の不安は極限に達しようとしていた。

米軍だけでなく、重慶軍《じゆうけい》も熊本に進駐し、婦女子を犯して最後は殺してしまうといった噂《うわさ》が絶えず、街はわなわなと震えているようだった。

「自暴自棄になったり互に争い合ったりする事を絶対に避け和心結束勇奮敢闘して大詔《たい》 《しよう》の御聖旨《ごせいし》を体して大御心《おおみこころ》に副《そ》い奉《たてまつ》る」という県知事談話も虚《むな》しく、市内は騒然とした雰囲気の中、次に何が起こるのか、固唾《かたず》を呑《の》んで見守っているようだった。

しかも、混乱に拍車をかけたのは、七歳以上四十歳未満の婦女子に対する知事の避難命令だった。西部軍参謀から総監府に入った、十八日に占領軍が博多湾から上陸するという情報を真《ま》に受けた知事は、十七日、急遽《きゆうきよ》、避難命令を出したのである。

さらにこの避難騒ぎに油を注ぐように、同じ十七日、尊皇義勇軍なる一団が藤崎八幡《ふじさきはちまん》宮《ぐう》に集合、本土決戦の決起趣意書を出して、師団長や知事などの軟禁や報道機関占拠の計画を練っていた。その後、承詔必謹《しようしようひつきん》を主張する西部軍参謀の説得もあり、二十五日、尊皇義勇軍は解散し、事件は未発に終わることになるが、箍《たが》の外れた「軍都・熊本」は、混沌《こんとん》の中で喘《あえ》いでいた。

ただ、失意と悲嘆に暮れ、うなだれていた県民の中で唯一意気軒昂《けんこう》としていたのは、朝鮮人だった。その大半は、土木建設や鉄道・道路などの開設に携わった労務者やその家族である。

*

熊本と朝鮮人労務者との関係は、韓国併合よりも早い、一九〇八（明治四十一）年にまで遡《さかのぼ》る。日本最初のループ線工事をともなう、人吉《ひとよし》—吉松《よしまつ》間の鉄道敷設の難工事に数百人の朝鮮人労務者が使役されていたと言われ、企画院による「労務動員計画」にもとづき、一九三九（昭和十四）年以降、三井系の三池炭鉱や阿蘇鉱山、三井三池染料、さらに健軍《けんぐん》の三菱重工熊本航空機製作所などで強制労働に従事していた。健軍飛行場や従業員の住宅建設、健軍川改修工事、熊本市電の水前寺《すいぜんじ》—健軍町間の延長工事など、朝鮮人労務者の数は、それだけでも二千人にのぼると言われていた。

これらの朝鮮人は、いくつかの地域の飯場やバラックに身を寄せ、その辺りだけが化《け》外《がい》の地のように忌み嫌われていた。万日山周辺の春日地区の北西部や、熊本駅周辺の白《しら》川《かわ》右岸と坪井川両岸の低地に点在する朝鮮人たちの居住区は、隣接する旧《ふる》い熊本城城下町の静かな佇《たたず》まいとは異様なほどの対照をなしていた。

日本の敗戦、祖国の解放の日、どこにそれだけの数が潜んでいたのか、「マンセー(万歳)」を叫んでいた朝鮮人たちは、最初は恐る恐る、しかしやがて大っぴらに続々と蝟集《いしゅう》し、歓喜の声で解放を迎えたのである。

やがて祖国への帰還を一日千秋の思いで待ち続けてきた人々が、博多や下関を目指して熊本駅に殺到し、駅周辺やその広場は騒然とした雰囲気に包まれていた。

父や母も、その歓喜の渦の中に浸り、わたしの祖父母たちとの再会を夢見ていた。しかし、テソンとその家族を見捨てることはできなかった。

それでも、明日からどう生きていったらいいのか、その目処《めど》がたっていたわけではなかった。何よりも、仮のねぐらすら定まっていなかったのである。差しあたり、雨露をしのげる落ち着き先が必要だった。

「兄さん、義姉《ねえ》さん、高田組の高田さんに相談してみてください。高田さんならば、きっと相談にのってくれるはずですから。これが連絡先です。いいですか、わたしの居場所は絶対に言わないで。差しあたり、行方がわからないとでも言っておいてください」

テソンが相談するように勧めた高田組は、戦前から軍関係の土木や建設では名の知れた土建屋だった。戦中から万日山の地下工場をはじめ、開墾などですでに朝鮮人労務者を使役していた。その関係で憲兵のテソンと高田組との間にはただならぬ深い関係があったのだ。

その甲斐《かい》あってか、父と母は、万日山の東の麓《ふもと》に広がる春日五丁目のある平屋の一軒家に身を寄せることになった。場所は、万日山と熊本駅を直線で結んだちょうど中間に位置していた。

北には花岡山《はなおかやま》が見え、南東の方角五百メートルには春日国民学校（現・熊本市立春日小学校）があった。小さなどぶ川を渡るとその一軒家の玄関に通じていた。どぶ川に沿って小さな道路が走り、その斜向《はすむ》かいには、重々しい石塀が広大な敷地の屋敷を囲んで連なっていた。

「あなた、巣鴨の社宅より大きいわね。これぐらい大きければ、二家族は優に生活できるわよ」

母は、仮住まいの一軒家がことのほか、気に入ったようだった。父もまんざらでもなさそうに頷《うなず》いている。テソンの妻も、夫の安否が気がかりではあったが、落ち着き先を見つけてほっとしているようだった。

裏手に勝手口があり、そこから中に入ると、すぐ右に竈《かまど》と炊事場があり、三畳ほどの三和土《たたき》があって、その先に同じく三畳ほどの板の間が設《しつら》えてあった。板の間の先には、板張りの小さな廊下があった。まっすぐに行くと厠《かわや》、右の奥に玄関、左の奥に六畳ほどの和室があった。まだ防空法が廃止されていなかったせいか、部屋の中は薄暗く、灯火管制下にある感じだった。部屋の中の空気はむっとするほど澱《よど》んでいた。

手分けして皆で窓を開け放ち、玄関と勝手口を開くと、涼しい風がすーっと通り抜け、胸のつかえがおりるような心持ちだった。

掃除を済ませ、部屋の片付けも一通り終わる頃、空が少しずつ夕陽《ゆうひ》に染まり、アブラゼミのわびしい鳴き声が辺りに響き、郷愁を誘うような静けさが漂っていた。

先ほどまで激しく動き回っていた母も、和室と廊下の間の柱の近くに腰を下ろし、ふーっと溜息《ためいき》をつきながら、部屋の中を見回している。

「ハルオが生きていたら……。ここで親子三人、水入らずで暮らせたのに。やっとこんな落ち着いた家に恵まれたのに……」

母の心境を察したのか、父が慰めるように声をかけた。

「子供がいればいいなぁー。今度もきっとまた男の子が生まれるに違いないぞ」

父と母の、久しぶりの和気藹々《わきあいあい》としたひとときだった。

＊

それから一ヶ月余り、やっと街も落ち着きを取り戻し、ひと頃の混乱した世相と打って変わって日に日に明るさを増していった。戦争中は重要物資に数えられていた氷も市中に出回るようになり、商店街の上通《かみとおり》にも時計修繕や洋服修理、「洋裁致します」の看板がちらほらと復活し、確実に賑《にぎ》わいを取り戻しつつあった。

また、すでに連合国軍が九州に進駐を始めて熊本入りも目前、ラジオで英語講座も始まり、市内でもポツポツと横文字が見受けられるようになった。食堂に入れば、電気蓄音機から軽音楽が流れ、ジャズや流行歌が聴かれるようになった。

そして、十月五日、進駐軍第一陣二百九十人が諫早《いさはや》から上熊本に到着し、八景水谷《はけのみや》の旧陸軍幼年学校をキャンプ・ウッドと名前を変えて、そこに駐留を開始した。一行には日本語の流暢《りゅうちょう》な将校もいて、緊張した面持ちで歓迎行事に参加した人々に愛嬌《あいきょう》を振りまき、鬼畜米英の怖いイメージは一瞬にして友好的な雰囲気へと変わっていった。敗戦後の混乱とは打って変わって、占領は順調に進もうとしていたのである。

しかし、解放された朝鮮半島ではすでに悲劇への導火線に火が点《つ》けられようとしていた。九月二日、米極東軍司令部が朝鮮分割占領を発表し、それから一週間も経《た》たない間に米軍が仁川《インチヨン》に上陸し、米軍司令官ホッジ中将によって三十八度線以南に軍政を布《し》く「布告第一号」が発表され、南北分断への序曲が始まろうとしていたのである。

そうした祖国の運命の変化は、父や母の与《あずか》り知らない出来事だった。たとえ、それを知ったところで、父と母ができることは何もなかったはずである。父と母は、そのような変化が引き起こした巨大な土石流にただ、呑《の》み込まれるしかなかったのだ。それが後々、どんな災難をもたらすことになるのか、神のみぞ知ることだった。

ただ、世間から身を隠していたテソンには、順調な占領のニュースはがまんがならなかった。なかでも、カタコト英語で米兵に媚《こび》を売ってうまく立ち回っている上官の話が話題になったとき、テソンの顔は紅潮し、怒りで顔全体が歪《ゆが》みそうだった。

「兄さん、こいつらいったい何なんでしょうね。あれほど神州不滅、皇国の大義を説き、国体護持のためには潔く身命をなげうつとほざいていたのに。自分も潔く死のうと思っていたのに……」

口元に自嘲の薄笑いを浮かべながら、目には悔し涙が溢《あふ》れていた。

「もう忘れろ。戦争は終わった。日本のボロ負けだ。お前も気を取り戻して、やり直さなければ。これからどうするか、それが大切なんだから。それにサチコの将来のこともあるのだからな。早まったことを考えるなよ」

父の言葉をしんみりと聞いていたテソンだが、高ぶりを抑えることができないようだった。そして彼の口から漏れてきたのは、意外な話だった。

「兄さん、義姉さん、わたしがウリナラ（我が国）にまず還《かえ》ってみます。あちらの様子をしっかりとつかんで、兄さんたちが還ってもいいかどうか、確かめてまた帰ってきます。このまま熊本に居座れば、いつ何時、進駐軍から呼び出しがかかるかわからないし、もうこんな生活はたくさんですよ。妻とサチコをよろしくお願いします」

テソンの心はすでに下関へと向かっているようだった。

一度言い出すと引かない彼の強情な性格を見越していた父は、不安そうなテソンの妻の顔を一瞥《いちべつ》しながらも、その提案をむげに撥《は》ね付けることはできそうにもなかった。

「よしわかった。サチコたちは俺たちが面倒をみる。向こうの様子がわかったら、必ず知らせろ。そしてもう一度、帰ってくるんだぞ。どんなことがあっても」

占領軍が熊本に進駐した十月半ば、東京の日比谷公会堂では在日本朝鮮人聯盟《れんめい》（朝聯）が結成され、同胞の帰還を支援する団体もできつつあった。そしてそれから数日後、各地に朝聯の本部が結成され、帰還事業はますます本格化しようとしていた。

熊本でも、熊本県本部が結成され、積極的な帰還への働きかけが展開されるようになる。その奔流《ほんりゅう》に紛れ込むように、テソンは見送る人もなく、ただ独《ひと》り下関を目指し、車中の人となったのである。ごった返す車中から垣間《かいま》見《み》えた万日山の緑が、ずっと彼の瞼《まぶた》に残り続けた。

それから二十五年、テソンが再び熊本の地を踏むことはなかった。そんな長い離別の旅立ちになるとは、本人はもちろん、父も母も知る由もなかった。

五　出会い

　テソンが逃げるように熊本を離れてからすでに半年余りが過ぎていた。しかし、その後の消息はぷっつりと途絶え、生死さえわからないままだった。下関や博多の港は、路上に寝泊まりする帰国待ちの在日朝鮮人でごった返し、無秩序と不衛生で多数の病人が続出する有り様だった。

「どうして連絡ひとつないんでしょう。もう、あんた、半年も経《た》ったのよ。無事に還《かえ》ったのなら、知らせがあるはずよ。何かあったのよ。あんなにマメな人が、手紙もよこさないなんて……」

「心配するな。あいつは、頑丈にできているし、それにあれだけの男だ。そう簡単にくたばるもんか」

威勢のいい言葉を吐いてはみたものの、内心、父も気が気ではなかった。噂《うわさ》では祖国に辿《たど》り着けず、途中、海に沈んだ船もあるらしかった。また上陸した港で身包《みぐる》み剝《は》がされ、散々な目にあって日本に帰ってきた同胞の話も伝わっていた。

「それに、あの人はいったいどこに行ったんだか。書き置きひとつないなんて。サチコちゃんのことも心配だし……」

「新潟だか秋田だかの故郷《いなか》に帰ったんだろう。かわいそうなことをしたな。もっと親身に面倒をみてやればよかった」

一ヶ月ほど前から、突然、テソンの妻と娘の行方がわからなくなり、八方手を尽くして捜したものの、ふたりの消息はつかめていなかったのだ。

「手持ちのカネはないはずよ。簞笥《たんす》の上に置いてあった小銭がなくなっていたけれど、あれで故郷に帰れるわけないわ。だって、汽車の運賃が上がって、新潟や秋田なら、百円以上よ。そんなカネ、あの人にあるわけないし。早まったことしていなければいいけれど……」

「だから俺は結婚に反対だったんだ。結局、不幸なことになってしまった。どうしたらいいいか……」

父と母には、気の滅入《めい》ることが重なるばかりだった。追い打ちをかけたのは、二月半ば、新円切り替えと抱き合わせに実施された預金封鎖の金融緊急措置だった。ふたりが爪に火を点《とも》すように蓄えてきたわずかばかりの郵便貯金が、ほとんど引き出せなくなったのである。

現金がなければ、食糧難の続く日々の糊口《ここう》を凌《しの》ぐことはできなかった。二月に入り、食糧の遅配が目立ち、餓死や行き倒れもめずらしくなくなりつつあった。しかも、九州とはいえ、二月の熊本は朝晩の冷え込みが厳しく、風邪を拗《こじ》らせた父は持病の喘息《ぜんそく》に苦しめられた。ヒューヒューという喘鳴《ぜんめい》を伴う呼吸困難が、真夜中にも父を襲い、痛々しいほどに体力を消耗していった。一晩中、父の背中をさすり、かいがいしく看病する母にもさすがに疲労の色が隠せなくなっていた。

「このままではダメだ。栄養のあるものを食べさせてあげなければ。でもどうしたらいいか……」

思案の挙げ句、母はテソンが潜んでいた待避壕の隠匿物資の一部を農家まで運び、それと引き換えに米を調達することを考えついた。もちろん、米の「行商」は、禁じられていた。

その年のはじめ、農林省が主食の米などを強制的に買い上げ、生鮮食品の統制や食糧管理の強化に関する緊急勅令を出して以来、警察の取り締まりはそれまで以上に厳しくなっていた。

それもこれも、食料品をはじめ、ありとあらゆる生活必需品の不足がインフレに拍車を掛けたことに原因があった。庶民は苦境のどん底に喘《あえ》ぎ、失業者は全国で六百万人を超え、しかも熊本市だけでも外地からの引き揚げ者や復員軍人は、すでに二万人近くにのぼろうとしていた。路頭に迷い、飢餓線上に蠢《うごめ》く人々が市内のそこかしこに屯《たむろ》し、飢えや寒さに耐えきれず、路傍の石のようにひっそりと命をなくす人々が後を絶たなかった。

そうした暗く沈んでいく世相の中で殷賑《いんしん》を極めたのは、自由市場という名の闇市だった。熊本駅前から本山《もとやま》に通じる白川橋付近や新市街から辛島町《からしまちょう》交差点界隈《かいわい》、さらに二本木《にほんぎ》に近い田崎《たさき》踏切付近一帯などに蜿蜒《えんえん》ひきもきらない人があふれ、売った、買ったの威勢のいいかけ声が響き、狂奔乱舞する札束と堵列《とれつ》する物、物、物で異様な活況を呈していた。

白昼、衣料品が売買され、夕方近くになるとタバコ売りが現れ、また白米の握り飯などが露店に並び、さらに田崎踏切付近では鮮魚や野菜のブローカーや行商人が露天市場に出没していた。

母は、テソンが「隠れ家」に秘匿していたメリヤス肌着や晒《さらし》、縫糸や石鹸《せっけん》、燐寸《マッチ》やちり紙などをリュックに詰め、有明海に面した西の玄関港、三角《みすみ》まで運び出し、付近の農家や漁師に卸して、代わりに米や鮮魚を運び、自宅用以外のものは闇市に流すことにしたのである。

すでに年のはじめ、国鉄の運賃は、二・五倍に跳ね上がり、熊本駅から三角駅まで片道三円もかかった。当時、銀行員の初任給が八十円前後だったのだから、往復六円の運賃はバカにならなかった。ただ、すでに母は、父に内緒でへそくりを貯《た》め込み、いざという場合に流用する準備を怠らなかった。

しかし、新円切り替えが断行され、三月には旧円の流通が禁止されることになっていた。それまでに旧円を使い切り、何とか新円の現金を手に入れなければ……。焦る気持ちを抑えるように、母は三日に一度の割合で熊本と三角の間を行き来する行商に励んだ。

三角に向かう車窓からは、有明の海が、墨を溶かしたようなどんよりとした冬の空とひとつになって、ひときわわびしさを誘った。ぽつねんと頬杖《ほおづえ》をつきながら車窓の風景に目を凝らす母の脳裏に浮かんでくるのは、故郷、鎮海《チネ》のなつかしい思い出ばかりだった。この海も、どこかであの行巌湾《ヘンアムマン》の桟橋に続いていると思うと、無性に故郷に還りたかった。

「いつか還れる。きっと還れる。いつかきっと……」

心の中で念じるように呟《つぶや》くと、どこかで自分の母親の声が聞こえてくるようだった。

「オモニ、オモニ、オモニ……」

余りの心細さに母にすがろうとした十六歳の旅立ちの春が、ずっと遠い時代のように感じられてならなかった。あれから五年、あどけなさの残る生娘は、したたかに生きる若い母親に変わりつつあった。すでに母の胎内には新しい生命が宿り、誕生の時を待っていたのである。それが、亡くなった春男の生まれ変わりであることを念じつつ、母は再び、自分が母親になることに期待を膨らませていた。

三角では、二升ほどの米とつぶしたばかりの若鶏一羽が収穫物になった。鶏が手に入ったことが、母の気持ちを軽やかにした。脂ののった若鶏をじっくり煮込んでほぐし、米を入れて硬めの粥《かゆ》にすれば、サムゲタンのような味わいになるに違いなかった。一汁一菜を心掛けていた父にとって、汁料理はどうしても欠かすことができなかった。やや猫舌の父が、フーフーと息を吹きながら若鶏の柔らかい肉を頬張っている姿を想像するだけで、母の心は弾んだ。

熊本駅に戻った母は、リュックの中身を知られないように細心の注意を払いつつ、駅前に屯するブローカーを物色した。安岡と名乗るいつもの同胞のブローカーを見つけると、何気ないそぶりで近づき、袖の下で値段の摺《す》り合わせをし、商談を成立させた。二升の米のうち、一升を渡し、残りの一升は家に持ち帰ることにしていた。

数十円の現金が母の懐に舞い込み、母はおもむろに白川橋方面の露店に足を向けた。タバコ好きの父に、金鵄《きんし》（ゴールデンバット）を買ってあげるためだった。喘息で咽《むせ》ぶことがあっても、父にはタバコはほっとするひとときを約束してくれる唯一の嗜好品《しこうひん》だったのだ。

橋沿いに雑然と並んだ小さな露店には、たくさんの人だかりがして、がやがやとした喧噪《けんそう》が辺りに響いた。冬空にかすかに顔を出している夕陽《ゆうひ》が消え入ろうとしている時だった。二本木に近い橋の欄干からは、暗い路地に手招きするように佇《たたず》む街娼《がいしょう》たちの人影が見えた。

と突然、母の耳に激しい罵声《ばせい》が聞こえてきた。

「ぬしゃ何ばしよっとか。そんタバコはどこから持ってきたとや、馬鹿たれが。こがんところで、タバコば売って。どこん奴《やつ》か」

　怒気を帯びた険しい顔つきに、タバコ売りの女はただ怯《おび》えたまま、かすかな震える声で、精一杯やり返そうとした。

「スミマッセン、スミマッセン。ワタシ、食ベルモノガナカトデス。子供ガ腹ヲ空カシタママデスケン、何カ食ベサセテアゲント。堪《こら》エテハイヨ、堪エテハイヨ」

　女はたどたどしい日本語で、必死に自らの窮状を訴えているようだった。

「何か、ぬしゃ日本人じゃなかとか。何や、ぬしゃチョーセンか。チョーセンだろ。そがんだろ。ぬしどまはよチョーセンに帰れ」

　激しい剣幕で怒鳴りながら、男は、女が小さな両手に載せていた数本のタバコを払い落とし、足で踏みつけようとした。

「ヤメテ、ヤメテ。ソガンコツダケハセンデハイヨ」

女は、地べたに落ちたタバコをうずくまった体を乗り出すようにして手で拾い上げようとした。その手を男のどた靴が踏みつけ、女は呻《うめ》き声をあげながらも、必死にタバコを護《まも》ろうとした。小さな肩がわなわなと震え、女はすすり泣いていた。周りには、男の仲間らしい数人の自警団の男たちが屯し、射るような視線を女に注いでいる。

その一部始終を遠巻きに見ていた母は、人波をかき分け、つかつかと女に近寄ると、背負っていた荷物を放り出し、女を抱き起こそうとした。

「何ばすっとか。余計なことばすんな。こ奴はチョーセンばい。こがん奴は警察に引き渡さんと。ひっこんどらんか」

声の主に向けられた母の顔は、すさまじいほどの憤怒《ふんぬ》の形相になっていた。

「どうしてチョーセンで悪いの。チョーセンが何をしたというの。何でこんな仕打ちをされるの。あんたらにそんな権利はなくてよ」

怒り狂った母の殺気は、まるで夜叉《やしゃ》のようだった。それこそ鬼神のような形相から発せられる金切り声に、男たちもしばしひるんでしまった。母は激しい興奮と怒り、悲しみがない交ぜになったヒステリーの虜《とりこ》になっていた。そうなると、剝《む》き出しの感情を抑えておく箍《たが》が外れ、もはや誰も手が付けられなかった。

「な、な、なんか、ぬしもチョーセンか。チョーセンの女子《おなご》は、恐ろしかばい」

遠巻きに眺めていた群衆の中から、自警団の男たちをなじるような声が起こった。

「相手は女子ばい。女子ばいじめて、ぬしどま男か。なんば威張っとっとか」

不意打ちを食らったように、男たちは困惑した顔になった。ぐずぐずしていると自分たちにとばっちりがかかりそうだった。日頃から、自警団員の行き過ぎた言動を苦々しく思っていた闇市の面々は、哀れなチョーセンの女たちを石もて打つ気にはとうていなれなかった。むしろチョーセンの女たちへの同情が勝っていた。

闇市でタバコを売ったり、握り飯を売ったりする行商人は、そのほとんどが女たちだった。しかもそのうちのかなりの数が、朝鮮や沖縄の女たちだった。お互いに縄張りを侵さず、それぞれに持ち分を守って支え合う共棲《きょうせい》関係が出来上がっていたのである。

もっとも、そのような関係も、地元のヤクザや沖縄、朝鮮のブローカーや顔役たちの危うい力のバランスの上に成り立っていた。時おりそれが崩れ、朝鮮の荒くれ男たちとヤクザの出入りがあった時などは、辺りは騒然とした混乱に陥った。そうなると、武装警察官も形無しで、騒ぎを押さえ込む効果など、ほとんど期待できなかった。その反動なのか、小さなトラブルが警察の威力を見せつける格好のチャンスになった。

母たちも、ぐずぐずしていたら、その標的になりかねなかった。


「早くここばどいた方がよかよ。警察が来るけんね。はよ行きなっせ。はよ」


人混みの中から聞こえてくる女たちの声に促されるように母は、哀れな女を抱きかかえるようにしてその場を立ち去ろうとした。

とその時、背後から女を呼び止める声がした。

「オンニ（姉さん）、オンニ、金岡の姉さんじゃないですか。金岡の姉さんでしょう」

打ちひしがれたように俯《うつむ》いていた女はそっと顔を上げ、後ろを振り向いた。

「マァー、京子サンジャナカネ。ドウシテコガン所ニ……」

幼子を負ぶった大柄の、人なつっこそうな笑顔の若い女が立っていた。

六　身を寄せ合って

タバコ売りの金岡さんは、母より少し上の年齢にもかかわらず、ひどく老けた印象を与えた。げっそりと痩けた頰《こ》から下あごにかけて細かな皺《しわ》が幾重にも走り、顔全体がもみくちゃにされたようだった。それは、彼女が受けた苛酷《かこく》な仕打ちのひとつひとつを証言しているようだった。

「永野サン、ホンナコツ、アリガトゴザイマス、アリガトゴザイマス。オ世話ニナリマスネ」

絞り出すような小さな声は、母への感謝の気持ちに溢《あふ》れていた。そしていつの間にか、年下の母を「ネエサン（姉さん）」と呼び慣わすようになっていた。

まだ二十代も半ばを過ぎたばかりなのに、金岡さんは父親のいない二児の母親になっていた。夫は、母子《おやこ》を棄《す》てて、勝手に蔚山《ウルサン》に還《かえ》ってしまったのだ。残された母子三人は、路頭に迷い、浮浪者の群れの中でかろうじて夜露をしのいでいた。

闇市で賑《にぎ》わう河原町《かわらまち》から長六橋《ちょうろくばし》の下には、台湾からの引き揚げ者や大牟田《おおむた》の戦災者などが天井のない掘っ立て小屋を建て、折り重なるように雑居していたが、金岡さんたちもその中に交じっていた。

電灯はもちろん、蠟燭《ろうそく》さえない、文字通り暗黒の人生にうずくまるように、母子はひっそりと見捨てられたまま、ただ生き存《なが》らえていくしかなかった。

橋の下は雑居で異臭を放ち、ノミやシラミの格好のたまり場になっていた。着た切り雀《すずめ》の母子たち三人は、ボリボリと体中を掻《か》きながらまるでボロ雑巾のような風体でシケモクや残飯を拾い集めた。六歳と五歳のふたりの兄弟が、健気《けなげ》にも母親に付き従う光景は、傍目《はため》にも涙を誘った。

だが、そんな悲しい光景も、決して稀《まれ》なことではなかったのだ。善意を施そうにも、その余裕など、誰にもなかった。冷たい世間の風に誰の心も荒《すさ》むばかりだった。それだけに、「一緒に暮らしましょう」という母の言葉は、干上がった母子の心には恵みの雨のようだった。

「アリガトゴザイマス、一生、忘レマセンケン」

「よかですよ、そんなに言わなくても。これも何かの縁ですけん」

聞きよう聞きまねというのだろうか、母は少しずつ熊本の方言にも慣れ、断片的にそれらしくしゃべれるようになっていた。

文字の読み書きができない母だったが、不思議なことに、その口調にはナマリがなかった。少なくとも、母のしゃべる言葉を聞いて、朝鮮人のイントネーションを聞き取ることは困難だった。生まれついての日本人としか思われないほど、それらしい日本語を流暢《りゅうちょう》に話せたのだ。

しかし、金岡さんの話し方には、朝鮮人丸出しのイントネーションがねっとりと付きまとっているようで、それが母には哀れを誘った。

「永野サン、コチラノキョウコサンハ、ワタシガオ世話ニナッタ人デ、トテモヨカ人デス。ホンナコツ、気ノキイタ、人ノヨカ働キモノノネエサンデス。キョウコノネエサンモ、一緒ニ住メンデスカネ」

上目遣いで母の様子を窺《うかが》いながら金岡さんが口を開いた。

母は後ろを振り向き、ふたりに付きまとうように歩いて来る女に視線を向けた。女は小さな声で鼻歌を歌っているようだった。身なりはこざっぱりとして、清潔感があった。のっぺりとした顔立ちではあったが、透けるような色白の顔に一《ひと》重瞼《えまぶた》の切れ長の目が愛らしい感じを与えた。

一目で母はその女性が気に入った。暗い影を感じさせない陽気な印象が、母の一番親しかった妹を思い起こさせたからである。

「アノ人ハ、ホンナコツ、ヨカ人デス。トキドキ、ワタシタチニ食ベモンバクレヨッタトデスヨ。ドゲン助カッタカ。バッテン、ワタシハナニモ恩返シガデキンデ……。アノ人モ、シアワセジャナカゴタル。岩本トカイウダンナサンガタマニ家ニ帰ッテクルダケデ。ナンカ、二本木アタリデ、ヨゴレ（やくざ）ノゴタルコトバシヨットラシカデス」

話を聞けば聞くほど、女が不憫《ふびん》に思われて仕方がなかった。

「よかですよ。一緒に連れて来なっせ。キョウコさんていうたかね、ウチはかまわんけん。どうせ、ふたりも五人も、七人もおんなじたい。うちんひとも、気にせんけん。何とかなるばい」

「何とかなるばい」それが母の口癖だった。そこには、くよくよと思い悩む神経質な母とは似ても似つかないもうひとりの母の姿があった。母には、自分でもよくわからない、矛盾したふたりの人格が同居しているようだった。この時には楽天的な頼もしい母の顔が勝っていたのである。

こうして、三つの家族が、ひとつ屋根の下で苦楽を共にすることになったのである。

母のかいがいしい世話もあり、父はみるみる恢復《かいふく》に向かい、いつもの働き者の父らしい元気を取り戻していた。

やがて父は、高田組のツテで、万日山の中腹を切り拓《ひら》く土木工事に従事するようになった。

土方の仕事は肉体を酷使する重労働だったが、父は誰よりも率先していやな仕事を引き受け、土方仲間からも、親方からも一目置かれるようになっていた。

父の収入は微々たるものだったが、安定はしていた。ただ、すでにその年の初め、渇水や石炭不足から電力不足が深刻になり、突然、停電が実施されることも稀ではなかった。その上、米の遅配が続き、依然として生活は苦しかった。

それでも、棲《す》む家があるだけマシだった。横穴壕《ごう》生活を余儀なくされた人々は相当数に上り、家なき人々の恨みがましい声が市内のそこかしこから聞こえてきそうだった。

だが、七人の大所帯になると、さすがに食い扶持《ぶち》に困らざるをえなかった。


「あんた、黒石原《くろいしばる》の山林に行けば、ドングリの実がたくさん採れるてたい。今の季節なら、ワラビやセリ、ヨモギもたくさんあるとじゃなかろか。みんなで行ってみらんね。腹のタシにもなるし、お腹《なか》の子にもよかはずよ」


近所の立ち話を聞きつけた母は、春を待ちきれない子供のように父をせかした。

こうして三つの家族が、熊本駅から北々東の方角、菊池方面の黒石原に出かけることになったのである。

みんなの中でひときわ母が張り切っているようだった。春の収穫物を入れるかますやセメント袋を父が用意し、みんなは熊本城を望む、京町高台の西にある菊池電鉄の上熊《かみくま》本《もと》駅に向かった。

春日の家から北に三キロほどの距離だが、鹿児島本線の沿道をてくてくと歩きながら、みんなどこかウキウキとした遠足気分だった。笑い声が弾け、大人も童心にもどったように、よもやま話に夢中になっていた。父だけは、女たちの大袈裟《おおげさ》な笑い声に少々、顔をしかめながらも、久しぶりの遠出に心は軽かった。

一輛《りよう》編成の電車は、思い出したようにチンチンというわびしい音を出しながら、上熊本の東にある藤崎宮前《ふじさきぐうまえ》駅を経由して北上し、北熊本や八景水谷《はけのみや》を通って須屋《すや》駅に到着した。途中、のどかな田園風景というより、戦争の爪痕が一部、生々しく残っている、荒廃した休耕地が広がっていた。

それでも、春は巡ってくるのか、冬のような凍《い》てついた寒々とした光景ではなかった。父や母たちが、後々、北熊本駅近くに永野商店の小さな看板を掲げ、廃品回収業を生業《なりわい》にするとは、この時は想像もできなかった。

須屋駅から黒石原までほぼ東に二キロほど、またみんなはてくてくと歩き出した。行く先々で人を見つけては黒石原の方角を訊《たず》ね、ワイワイ、ガヤガヤ、かしましい女たちの話は尽きなかった。話の合間、時おり母は「茶摘」の歌を鼻歌交じりで口ずさんでいた。

「夏も近づく八十八夜

野にも山にも若葉が茂る
あれに見えるは茶摘みじゃないか……」

母のうっとりとした表情に金岡さんも京子さんも、何だか愉快な気持ちになっていた。母が、「あかねだすきに菅《すげ》の笠《かさ》」を歌い終わらないうちに、プーッと吹き出すように笑い出すと、みんなは一瞬、きょとんとした表情をした。「菅の笠」の代わりに、三人ともタオルを頭から被《かぶ》っている様子が可笑《おか》しかったのである。

「おてもやんのごたるばい。可笑しかねぇー」

そう言われて、お互いにしげしげと相手の顔をみると、まるで「おてもやん」か「ひょっとこ」と間違えられるような格好だった。

「ほんなこつ、可笑しかばい。永野さんの言うごつたい。朝鮮でこがん格好ばしとったら、なんて言われたかねぇー」

京子さんが、屈託のない笑みを浮かべながら、おどけた表情を作ってみせた。それがまた滑稽で、どっと笑いが辺りに響いた。まるでそれに共鳴するように、雲雀《ひばり》が天高くしきりに鳴いている。ここ数年、ほとんど忘れかけてしまったのどかな春の光景が甦《よみがえ》ってくるようだった。

子供たちも、大人たちの陽気さにつられたのか、歩く疲れを忘れたようにはしゃいでいる。京子さんの娘は、母親の背中ですやすやと寝入っている。子供を負ぶって数キロも歩けば、大の男でも草臥《くたび》れるはずなのに、京子さんはいたって快活だった。

いつも悄気《しよげ》たように俯《うつむ》き加減に歩く金岡さんも、今日ばかりは何だか胸を張ってしっかりと歩いているようだった。そして何事にも感情を露《あら》わにしない父が、珍しくニコニコと笑いを顔に張り付けたような表情をしている。母は東京の巣鴨にいた頃、不足しがちな配給を補うために、度々、練馬などにドングリ拾いに出かけた時のことを思い出していた。

ドングリは、貴重なデンプン源で、堅い殻を剝《む》いて、苦みのある薄い綿のような皮を丁寧に取り外し、すり潰して豆腐状に加工すれば、それだけで美味《おい》しいおやつになった。熊本では、黒石原のクヌギ林で老いも若きもドングリ拾いに精を出していた。ドングリは、庶民にとって重要な栄養源になっていたのである。

春になり、ドングリ拾いはさすがに姿を消したが、今度はセリやナズナといった春の七草やワラビ、ゼンマイ、ヨモギなどをせっせと採り集める家族連れが原っぱのあちこちに黒い塊のように点在していた。

原っぱの湿地やあぜ道、休耕地の水路などには、セリやゼンマイの新芽がひょっこりと顔を出し、早く採ってくれとせがんでいるようだった。また山林の日当たりのいい場所には多年草のワラビの若葉が競うように群がっていた。さらに田畑や荒れ地のいたるところにナズナの小さな白い花弁が白斑《はくはん》のように咲き誇っている。別名、ペンペン草にふさわしい生命力の強さが、その可憐《かれん》な純白の色合いと相俟《あいま》って母の好みに合っていた。

そして何よりも母は、ヨモギに目がなかった。ヨモギの葉は出血止めとして重宝がられていたが、母がとくに好んだのは春の若葉だった。ドジョウを細かく刻んで茹《ゆ》でたヨモギと一緒に煮れば、川魚の臭みも消えて食べやすく、栄養価も高かった。

ドジョウとヨモギの汁物にキムチ、そして麦飯があれば、父は最高に幸せだった。「うまい」と口に出すことはなかったが、口に入れたものを咀嚼《そしやく》する父の、小気味よい顎の動きを見ているだけで、母は満足だった。

かれこれ二、三時間ほど経《た》っただろうか、用意したかますとセメント袋は収穫物で溢れ、満足感がじんわりと伝わってくるようだった。

「よう集めたばい。こがん一杯になったとたいね。ほんなこつ、ここまで来てよかったばい。食べるとが楽しみたい」

目尻や鼻にしたたり落ちる汗を拭きながら、母はうれしそうに呟《つぶや》いた。

金岡さんも少々、上気しながら母の言葉に応じた。

「ホンナコツ、コガン集マルトハ思ワンダッタデスヨ。ミンナデ一緒ニヤレバ、コガンタクサン集マルトデスネ」

もう陽《ひ》は傾きかけ、春のぼんやりとした光景が、暮色の中に沈んでいこうとしているようだった。だだっ広い野原にそよ風が吹き、汗ばんだ顔をひんやりと撫《な》でるように通り抜けていた。今日という一日を惜しむように、みんながクヌギ林の向こうに広がる、うっすらと染まりだした大空を眺めていた。

七　新たな別れ

クマゼミのけたたましい鳴き声が聞こえる頃には三つの家族の同居生活もだいぶ落ち

着いていた。それぞれの家族が違った事情を抱えながらも、同じ屋根の下で苦楽を共にし、ひとつに解け合っていくようだった。

それでも、相変わらず暮らし向きは楽にはならなかった。何とか現金を得る方法はないか、母はいつも頭をめぐらし、貪欲にそれを探し求めた。

母が思いついたのは、家の近くを流れるどぶ川を浚《さら》い、金目のものを見つけ出すことだった。

通りと家をつなぐ小さい粗末な踏み板の下を、どんよりとした曇り空のようにゆっくりと流れるどぶ川は、その界隈《かいわい》に一層うらぶれた印象を与えた。糞尿《ふんにょう》も混じった生活排水で汚濁し、蒼《あお》いヘドロから小さな泡がプクプクと湧き出て、異臭を放っていた。

それでも、どぶの底には、時おりピカッと光るものが目に付くことがあった。目ざとくそれに気づいた母は、どぶを浚えば、掘り出しものが見つかるかもしれないと思いついたのだ。

手甲脚絆《てっこうきゃはん》のようなもので手足を覆い、底の厚いドタ靴を履いて、おそるおそるどぶ川に浸かった母の右手には三本爪の熊手がしっかりと握りしめられていた。

夏の日射しが容赦なく照りつけ、タオルでぐるぐる巻きにした額からは汗がたらたらとしたたり落ちていた。悪臭がむっと生暖かい烟《けむり》のように立ちこめ、毛穴という毛穴が強烈に刺激されて、呼息《いき》をすることすら困難だった。

だが、母は何かに取り憑《つ》かれたように熊手でどぶを浚い、金目と思《おぼ》しきものをザルに引き上げた。傍では、金岡さんと京子さんたちが、鼻をつまみながら、心配そうに見守っている。

かれこれ一時間は経《た》っただろうか。突然、母の歓喜の声が辺りに響き渡った。

「やったばい、これは間違いなか。指輪たい。指輪ばい。間違いなかよ」

どぶ川の汚水で黒ずんだ宝石のようなものを洗い出しながら、母は一大発見の幸運で高ぶる気持ちを抑えきれない様子だった。やがて透明な黄緑色の輝きが母の目に映った。

「これは、エメラルドというとじゃなかと。そがんだろ。そがんじゃなかね」

唐突に同意を求められた金岡さんたちには、何が何だかさっぱりわからなかった。ただ、母が何か高価なものを見つけ出し、それが自分たちの想像を上回るほどの値打ちのものらしいということだけはわかった。

母は泥水のしぶきが顔にかかるのものともせず、まるで大魚をつり上げた子供のようにはしゃぎながら、井戸のある勝手口に直行した。

ザルの中の収穫物は、壊れた真鍮《しんちゅう》製の時計や硬貨、アルミニウムの弁当箱や金縁の眼鏡フレームなどだった。そして何よりも「お宝」の指輪が、にぶい光を発していた。

果たして母が信じたように、指輪の宝石は本物だった。後日、白川橋から二本木に通じる路地の奥まったところにある質屋で、母は父の給料の数ヶ月分の現金を手に入れることができたのである。

「お宝」の発見に母の興奮は冷めやらず、父に報告するのが待ち遠しかった。その日の夕方、縁側にみんなで集まり、冷えた西瓜《すいか》を割って頬張りながら、ワイワイと話は尽きなかった。

母は得意満面にどぶ浚いの成果を語り、みんなが母の幸運に舌を巻いているようだった。

「ホンナコツ、ネエサンハ普通ノ人ジャナカネ。何カ、ネエサンノ後ロニ憑イトットジャナカネ。ソガン運ガノサル理由《わけ》ハナカケンネ」

金岡さんの目には後光が差しているかのように母の笑顔がまぶしく見えた。

「ほんなこつ、そがんね。永野の姉さんは、特別ばい」

京子さんが大きく頷《うなず》きながら、金岡さんの言葉を継いだ。

母もまんざらでもなさそうだった。父は、何だかバツが悪そうな顔をした。母が際立てば際立つほど、自分のいる場所がないように感じたからである。それでも、父もどこかで得意げだった。

いつの間にか日も暮れ、斜向《はすむ》かいの屋敷の木立からはアブラゼミのわびしい鳴き声が聞こえてきた。今日はいつになくいい日だった。満足感がこみ上げて、母は宵闇《よいやみ》までみんなとあれこれと話に夢中になった。

その夜、母は一向に寝付かれず、長い間、枕に頭を沈めたまま、様々な思いに耽《ふけ》っていた。母の頭は澄み渡り、ますます眼が冴《さ》えて暗い家の中がすべて見えるようだった。

寝付くまで、ぜいぜいと呼息遣《いきづか》いが荒かった父も、いまは石のように静かだった。

と、その時だ、ガタン、ガタンと物音がしたのは。物音は、玄関の方から聞こえてきたようだった。しかしその後はシーンと静まりかえったままだった。もしかしたら、気のせいでは……。そう思って寝返りを打とうとした時、今度は押し殺したような、くぐもった人の声がした。

誰か人がいるに違いない。母は不安に駆られ父を起こそうとした。だが、父は何事もないように深く寝入ったままだった。母は頸《くび》を伸ばして父の寝顔に自分の顔を近づけると、端整な鼻の穴から出る暖かい呼息が母の頬をかすめた。

母は意を決して立ち上がり、玄関のガラス戸越しに外に向かって小さく声を掛けた。

「誰ね、そこにおっとは誰ね。何ばしよっとね、こがん時間に」

しかし、何の反応もなかった。

「誰かおっとだろ。誰ね、返事ばせんね。返事ばせんと、人を呼ぶばい」

「うー……。キ・ヨ・ウ・コがそこにおるど。キ・ヨ・ウ・コば呼んでくれ」

呻《うめ》くような男の声に、母は尋常ではない様子を嗅ぎ取った。

「キ・ヨ・ウ・コて、キョウコちゃんのことね」

「う……。そがんた……キョウコがおるど、キョウコが……」

母の驚いた声に家中のみんなが寝《ね》ぼけ眼《まなこ》をこすりながら飛び起きてきた。何よりも聞き覚えのある声に狼狽《ろうばい》したのは、京子さんだった。

「あんた、あんたじゃなかね。そがんだろ」

京子さんが裸足《はだし》で駆け下り玄関のガラス戸を開くと、男が半ば開いたガラス戸にぶつかりながらよろよろと三和土《たたき》に転げ落ちるように倒れてきた。

京子さんに抱きかかえられた男の右のこめかみからは血が流れ、白い開襟シャツに斑《はん》点《てん》のように飛び散っていた。右の脇腹の辺りが泥にまみれ、男はしきりに左手で腹の辺りをさする仕草をした。痛みで片目をつぶってはいたが、目の下のうっすらとした半月のような暈《くま》が男の悲しみを表しているようだった。

ほっそりとした体軀《たいく》に面長の顔。細長い鼻筋がすっと伸びて、その鼻もとを挟んだ両眼は、どこか気怠《けだる》そうだった。母はそっと父に目配せしながら、父が何か言葉を発するように促した。

「ぬしゃ、岩本だろ。二本木辺りじゃ有名のごたるばってん、嫁さんと子供ば放っておいて何ばしよっとか」

こんな時の父の声は、普段以上に低音で、重いどっしりとした印象を与えた。怒気を含んだ父の声に男はややたじろいだ風に見えたが、うな垂れたまま、声を発する気力も萎えているようだった。

「こがん所にいても何だけん、早よ、上に上がらんか。おかしかヤツに見つかったら大変ばい」

父の言葉に促されるように、岩本は京子さんに抱きかかえられながら、板張りの部屋の隅に身を沈めた。横で子供たちが犬ころのように寝入っていた。岩本の中にはじめて安らぎの場所を見つけ出した心地よさがじんわりと広がっていった。頭がずきずきと痛み、脇腹の鈍痛も激しい痛みに変わっていたが、岩本はそのまま深い眠りに落ちた。

それから、一週間、京子さんのかいがいしい看病と、父や母の協力もあり、岩本はすっかり元気を取り戻した。

二本木辺りを根城とする「第三国人」のヨゴレ（やくざ）に身を持ち崩していた岩本

は、その界隈では少しは知られた男だった。シマの利権をめぐる争いで、反目するグループに寝込みを襲われ、散々殴られた挙げ句、あやうく白川に放り込まれる寸前だった。這々《ほうほう》の体《てい》で逃げだしたものの、隠れる場所もなく、京子さんから教わった住所を手がかりに、やっとこの家に辿《たど》り着いたのだ。

岩本と京子さんがどんな経緯《いきさつ》で所帯を持つようになったのか、詳しい事情はわからない。確かなことは、ふたりは熊本で知り合ったということである。

岩本正雄の本名は李相寿《イサンス》といい、慶尚北道《キヨンサンプクド》の古都、慶州《キヨンジユ》近在の出だった。何でもその村で唯一の雑貨商の息子だったが、幼いときに父親と死別し、やがて母親も病気でなくし、天涯孤独、若くして各地を転々としながら、太平洋戦争が勃発した年に釜山から下関、そして博多から熊本に流れて来たのである。

持ち前の気《き》っ風《ぷ》のよさと度胸で、アウトローの世界でめきめきと頭角を現すようになったものの、一本気な性格が禍《わざわい》したのか、決して羽振りがよかったわけではなかった。むしろ、貧乏くじを引く方が多いほどだった。岩本の自嘲気味な口癖は、「俺には疫病《やくびよう》神《がみ》が憑いている」だった。

どこか投げやりな岩本が、それでも気を取り戻してやり直そうと思ったのは、同郷の京子さんと知り合いになってからだった。彼女は、それまで岩本が関係を持った女性たちとはまるで違っていた。義理堅く、天真爛漫《らんまん》な明るい性格で、働き者だった。岩本が所帯を持とうと決心したのも、そんな京子さんとならばカタギの生活が送れると思ったからである。

しかしそれも元の木阿弥《もくあみ》、岩本はアウトローの世界に舞い戻り、切った張ったの大立ち回りの末、命からがら逃げてきたのである。傷ついたとはいえ、岩本は親子三人でいられることで、やっとほっとする思いだった。でも、これからどうしたらいいのか。雲をつかむように漠としていた。それだけではない。これからもいつ命を狙われるとも知れず、生きた心地もしなかった。

とはいえ、熊本以外に身を寄せるとして、どこかアテがあるわけでもなかった。堂々巡りの思案の末、岩本と京子さんは、故郷に還《かえ》ることを決心したのである。

もっとも、混乱に喘《あえ》ぐ祖国の惨状は、日本に残った朝鮮人たちの心を暗くした。故郷に還ることは、またしても貧乏くじを引くことになるのでは……。暗い予感がしないわけではなかったが、「ヨゴレ」と恐れられながらも蔑《さげす》まれる人生に終止符を打ちたいという思いが勝っていた。

父や母は、京子さんがいなくなることに一抹の淋《さび》しさを感じたが、新しい門出を祝いたい気持ちでいっぱいだった。家族が一緒に寄り添って生きれば、何とかなる。「何とかなるばい」それが母が京子さんに贈った言葉だった。そして、どぶ川の「お宝」は、彼女たちへの餞別《せんべつ》に化けることになった。

熊本駅から見える万日山の空には、白い小さな雲が、魚の鱗《うろこ》のように広がり、秋の到来を告げているようだった。夏の盛りが過ぎ、祭りの後のわびしさのように、辺り一面、どこかしっとりと落ち着きを取り戻しつつあった。プラットホームの下にはあちこちに雑草が顔を出し、コオロギがしきりに鳴いている。

「キョウコサン、達者デネ。ホンナコツオ世話ニナリマシタ。淋シカヨ、キョウコサンガオラント。着イタラ、必ズ手紙バハイヨ。待ットルケンネ」

金岡さんが、顔をしわくちゃにしながら、泣いている。

「姉さんも達者でね。苦労ばっかりばってん、きっとよかことがありますけん」

気丈な京子さんがもらい泣きし、ふたりは抱き合いながら、お互いを慰め合った。

その光景に母も目頭が熱くなった。岩本は、うつむきながら、じっと涙をこらえているようだった。

「永野の姉さん、ほんなこつお世話になりました。それにあんな餞別まで……。姉さんには何てお礼ば言えばよかとか……。この恩は生涯、忘れませんけん」

「よかよ、よかよ。あんたがおらんと、わしらが淋《さび》しかたい。向こうにいったら、どがんかなると思うばってん、体だけには気を付けなっせ。いつかきっと会えるけんね」

京子さんに付き従うように乗車しようとする岩本の背後から父が声をかけた。

「岩本、カタギになってくれよ。キョウコさんと子供ば幸せにせんと。いつか会えるけん」

岩本は一瞬、驚いたようにふり向くと、照れくさそうに笑い顔を作った。小さく頷きながら、車内に乗り込んでいった。

母の頭に一瞬、あの道仏山《トブルサン》を望む鎮海《チネ》の停車場の光景が甦《よみがえ》ってきた。しかし、もう二度と京子さんに会うことはないという思いが膨らみつつあった。その悲しい予感が母の心をいっそう切なくさせた。

汽車が動き出し、窓から顔を出した京子さんが大きく手を振っている。傍らの岩本も、はにかみながら小さく手を振っている。母が大きな声で京子さんの名前を呼んだが、その声は汽笛の音にかき消されて届かなかった。列車が遠ざかり、小さな点になって消えてなくなるまで、母たちはずっとプラットホームに立ち尽くしていた。首筋を秋の風が撫でるように通り過ぎていった。

八　新しいいのち

晩秋の日脚は早く、辺りにはひんやりとした空気が漂っていた。万日山に陽《ひ》が傾く頃、どこからかゴーン、ゴーンと鐘の音が聞こえてきた。その音が耳朶《じだ》に触れるたびに、母は亡くなった春男の記憶を辿《たど》りながら、産気を兆した膨らんだお腹《なか》をそっと撫《な》で回した。

「ハルオちゃんの生まれ変わりだけんね。きっと男の子ばい。ねぇー、そがんだろ」

胎児に話しかけるように呟《つぶや》く母の声には、悲しさとうれしさが入り交じったような抑揚があった。そして春男を出産した時の思い出が、母の脳裏を過《よぎ》り、これから訪れるに違いない変調への不安をかき消してくれるようだった。

とはいえ、強まる痛みに母は、苦しそうな声を押し殺すようにうずくまった。痛みは、潮の干満のように母の胎内を何度も来たり去ったりした。その度ごとに全身が収縮し、そしてほぐれていくようだった。

京子さんたちがいなくなり、ほどなくして金岡さんたちも呉服町《ごふくまち》の方に引っ越してしまい、家の中は森閑として静まりかえっていた。人気のない部屋の中で、父が留守の間、母はただ独《ひと》り、痛みの干満に耐えながら、出産の準備をしなければならなくなったのだ。

近所の産婆（助産師）は、二週間ほど前、

「まだ当分は大丈夫。心配せんでよかですよ」


と太鼓判を捺《お》して帰って行った。春日界隈《かいわい》では評判の産婆で、本人も「わしにまかせておけば大丈夫」というのが口癖だった。父も母も、その言葉を信じ、暢気《のんき》に構えていたのだ。

だが、痛みが潮のように腹の下から全身に満ちてくる時には、さすがの母も唸《うな》り声を上げ、つかめる物があれば手当たり次第、それにしがみ付いた。冷や汗が額に浮き出、じっとしているのが精一杯だった。

それでも気丈な母は、押し入れの中に多量の脱脂綿やら晒《さらし》などを準備し、ひとりで産む心構えをしていた。春男の時も、非常時ということもあり、産婆が家に来たのは、ひとりで分娩《ぶんべん》した後だった。

「大丈夫か、大丈夫か。しっかりしろ」

とただ大声を出すばかりで、どうしていいかわからない父を尻目に、母は残った最後の声を絞り出すような叫び声を上げ、どっと胎児を分娩した。

その時の記憶が生々しく甦《よみがえ》り、母は分娩の時が産婆の見当よりも早くなるに違いないという予感がしていた。

そして幸か不幸か、母の予感は当たった。

初冬を思わせるような冴《さ》え冴《ざ》えとした暗い夜、布団の上でじっとしていられないほど痛みがひどくなった。枕を外し、右に左に寝返りを打つ母の顔は、苦悶《くもん》の形相で歪《ゆが》んでいた。

「お前、大丈夫か。大丈夫か」

傍らの父は、母の激しく左右に動く体を宥《なだ》めるようにさすろうとした。それでも、母の痛がりようは劇《はげ》しくなるばかりで、さすがに鷹揚《おうよう》な父も、胸騒ぎがしてならなかった。

「産婆を呼んだ方がよかろ。はよした方がよかごたるね。俺が呼びに行くけん」

「あんた、すまんばってん、そがんしてはいよ」

あたふたと家を出る父の姿を目で追いながら、母は心細さよりも、何か懐かしい時が再びめぐって来るような不思議な感覚に襲われていた。骨盤がメリメリと壊れていくような痛みが全身に広がり、体が張り裂けそうなのに、意識のどこかで、懐かしいものが甦ってくるような気がしていたのである。あの時と同じように、お腹の中の異物は長いトンネルを過ぎてやっと外の世界へと吐き出されていくようだった。

父が息せき切って産婆を連れて来た時には、大事はすでに終わっていた。寒い空気をふるわせる赤子の泣き声は、分娩に立ち会いそこねた父を窘《たしな》めているようだった。呆気《あっけ》にとられ、父はしばらく口も利けなかったが、やがて口元がほころび、静かな笑いがこみ上げてくるようだった。

「やった、ようやった。ほんなこつようやったばい」

裸電球のぼんやりとした影に包まれ、母子の輪郭さえハッキリとはしなかったが、母の顔には微《かす》かな笑みが洩《も》れているようだった。ただ、夜具の周りには汚物や白っぽい脱脂綿のようなものが散乱し、部屋中にむっとした臭いがこもっていた。

「はよはよ、旦那さんは向こうに行って。わしが全部やりますけん」

産婆に急《せ》かされた父が玄関の外に出てみると、真っ暗な夜空に星がちかちかと光り輝いていた。ピースの烟《けむり》を思いっきり吐き出すと、それまでの緊張が一挙にほぐれていくようだった。

「きっと男ばい。あいつがいつも言いよったけんね。きっと男に違いなか」

ぶつぶつと独《ひと》り言《ご》ちながら、父は赤子との対面に心躍る思いだった。

「男じゃなかね。男だろ」

「そがんですよ。男の子ですたい」

産婆はニコニコしながら、まるで自分の手柄のように自慢げに頷《うなず》いた。

部屋の中はすっかり様変わりし、汚物の影などどこにも見あたらなかった。真新しいシーツに横たわった母の横には、その片割れのように小さな塊が夜具に包まれたまま、息をしていた。顔を近づけてみると、その塊は、頭が体全体に対して不釣り合いなほど大きかった。おそるおそる指先で頬を軽くつついてみると、赤子は今にも崩れ落ちそうで心許《こころもと》なかった。やっと人間の体裁をしたばかりだが、それでも吐く息が微かに父の顔を撫でた。傍らの母は、勝ち誇ったように微笑《ほほえ》んでいる。

「あんた、やっぱり、男の子だったね。きっとハルオの生まれ変わりばい、この子は」

父はただ黙って頷きながら、赤子をじっと見つめていた。

新しいいのちの奔放な動きを見ているだけで、日がな一日、母は退屈することがなかった。赤子の顔をふるわせるような嚔《くしゃみ》や太平楽な欠伸《あくび》を見ているだけで、母は幸せだった。

産後の経過は順調で、母乳の出もよく、床を上げるまでにさほどの日数もかからなかった。外は秋も終わり、冬の訪れとともに、朝晩は冷え込みが厳しくなり、早朝には霜柱が立つようになった。

いつもの冬より寒い冬ではあったが、赤ん坊がいるだけで、家の中はどこか暖かい空気が流れているようだった。それに、相変わらず物資は不足し、生活は困窮していたとはいえ、秋から主食の米が増配され、米と麦の価格も下落に転じ、わずかながら明るさがもどりつつあった。

＊

ただ、生活にほのかな光が見えて来たのも束《つか》の間《ま》、祖国の事情は年毎《としごと》に険悪になっていった。一九四八（昭和二十三）年八月には南に大韓民国が、九月には北に朝鮮民主主義人民共和国がそれぞれ建国され、南北間の小競り合いが絶えず、祖国は不穏な空気に包まれていた。噂《うわさ》では、南の至る所でパルチザンが蜂起し、できたばかりの南の国では、内戦のような混乱が続いているようだった。

しかも、南北の対立が日本に留まった朝鮮人たちにも暗い影を落とし、夏には熊本でも民団（在日本大韓民国居留民団）熊本県本部が結成され、北を支持するグループと南を支持するグループとの間の諍《いさか》いが絶えず、警察まで出動する騒ぎが起きていた。

「ほんなこつ、馬鹿が。こがん小さか熊本で、北だ、南だというて、喧嘩《けんか》ばっかりしよる。世間じゃ、『第三国人』は還《かえ》れて言われとっとに。どいつもこいつも、まともな奴《やつ》はおらん」

「そがんばっててん、あんた郷《くに》はどがんなっとっとだろか。オモニのことが心配ばい。義弟《おとうと》はどうして便りばよこさんとだろか。何かあったなら、知らせばくれればよかとに……」

ふたりは、暖かそうに寝ている赤ん坊の顔を覗き込みながら、故郷《ふるさと》の安否などをとめどもなく語り合った。どこまで話しても、確かなことはわからなかった。ただ、ふたりの与《あずか》り知らないところで進んでいく不穏な事態に、為《な》す術《すべ》がなかった。心配のタネは尽きず、話は際限なく続き、結局、どうしていいかわからなかった。

ただハッキリとしていることは、当分、熊本に留まり、春男の二の舞をさせないよう、授かった新しいいのちを大事に育むことだけだった。

師走になり、通りに霜柱の錐《きり》が立った寒い日曜の朝、玄関を叩《たた》く音に目を覚ました父は、訝《いぶか》りながら三和土《たたき》に下り立った。ガラス越しに男らしき人影が映っている。

「誰や、こがん早くから何の用な」

「永野、俺たい、岩本たい」

「な、な、何や、岩本か。ほんなこつ岩本か」

驚いて開けると、そこには紛れもなく岩本が立っていた。よれよれのくすんだ色のオーバーに身を包んだ岩本の顔は、げっそりと頬がこけ、頬から下あごにかけて無精ひげが斑点《はんてん》のように散らばっていた。黒っぽいドタ靴はすり切れ、素足が一部むき出しになったままだった。両足がガタガタとふるえ、立っているのも億劫《おっくう》な様子だった。

「とにかく中へ入れ。そがん格好じゃ、寒かろ」

押し黙ったまま、中に入った岩本は、へなへなとしゃがみ込み、しきりに何か食べるものがないか訴えている。ふたりのやりとりを心配そうに眺めていた母が、板張りに小さな卓袱台《ちゃぶだい》をしつらえ、ご飯とキムチを用意した。ご飯は冷えていたが、岩本はその上に水を注ぎ、勢いよく口の中に流し込んだ。キムチを嚙《かじ》る音が乾いた空気をふるわせた。

何かに憑《つ》かれたように飢えを満たす岩本の様子を見ながら、父と母は、やっと健軍《けんぐん》の義弟の家に辿り着いた時のことを思い出していた。

「岩本、どがんしたとか。何があったとか。キョウコさんはどがんした。子供はそのままか」

一息ついた岩本にピースを差し出しながら、父は矢継ぎ早に問い質《ただ》した。

フーッと紫煙を一息吐き出すと、岩本は一瞬目をつぶり、そしておもむろに事情を説明しだした。

三人で岩本の故郷に還ってみたものの、親戚・縁者は誰もおらず、仕方なく京子さんの親戚の家に身を寄せ、何とか親子三人飢えずにすんだが、五月頃から南だけの単独選挙をめぐって村の中でもいざこざが絶えず、岩本もその諍いに巻き込まれて村にはいられなくなったらしい。京子さんと相談の上、いったん身を隠すことにし、釜山の方に逃れたが、どこにも働き口が見つからず、なけなしのお金をはたいて密航船に便乗し、長崎に辿り着き、そこから貨車を乗り継ぎながらやっと熊本に到着したというのだ。

話し終えると、岩本は深く溜息《ためいき》をつき、がっくりと項垂《うなだ》れた。これからどうしたらいいのか、皆目見当もつかず、ただ呆然《ぼうぜん》とするばかりだった。

「わかった、岩本、ここに一緒におれ。食い扶持《ぶち》は俺がさがしてくるけん。熊本で働いて少しでも稼いでから、ウリナラ（我が国）の様子ばみて、還ればよかたい」

岩本は涙ぐみながらしきりに頷いた。

九　殺戮《さつりく》の年に生まれて

春男の生まれ変わりのような一粒種は、賛中《チャンジュン》と名付けられ、通名は正男《まさお》になった。どうして賛中で正男なのか、そのいきさつはハッキリしないが、どうやら卜占《ぼくせん》に凝り、何かにつけて験《げん》をかつぐ母が、下関の有名な古老の男巫《だんふ》に名付けてもらうよう父にせがんだらしい。その結果が賛中で正男になったのだ。

父はどういうわけか、息子たちの名前に「中」の付くことを好んだ。万事に中庸であって欲しいと願ったのか、それとも世界の中心を占めるような、秀でた男子となって欲しいという勝手な思い込みだったのか、その理由はわからない。

ただ、「中」には、親たちの切なる願いが込められていたことだけは間違いない。

体に不釣り合いなほど大きな頭をもたげて左右にふらつきながら歩くマサオに父は手を焼いた。

「よし、よし、大丈夫か、マサオ。いかん、いかん、そがんとこに行くとは。危なかよ、危なか」

それでも、父の相好は崩れ、笑みがこぼれていた。普段は無口で仏頂面の父の顔がほくほくして布袋《ほてい》さまのように見えた。

裁縫仕事の手を休めて、父と子を見つめる母の顔にも笑いが張り付いているようだった。のどかな団欒《だんらん》のひとときがやっとめぐってきたのだ。

ただ、世間では物騒な事件が相次ぎ、殺伐《さつばつ》とした空気が漂っていた。貧しさから、子供を身売りする親が絶えず、また、ねぐらを失った戦災孤児たちが不良グループを作り、喝上《かつあ》げや追い剝《は》ぎ、スリや盗みなど、様々な事件が目立つようになった。挙げ句の果ては、子供たちの間にも「ヒロポン」が流行《はや》り、大人も形無しだった。

しかも労働争議や紛争が絶えず、国鉄総裁が轢死体《れきしたい》で見つかったり、列車の暴走や脱線、転覆など、不可解な事件が重なり、世相を一層、暗くした。

「あんた、ほんなこつ、妙な事件がたくさん起きるばい。どがんなっとっとだろかね。ラジオじゃ、子供が一日に何本もヒロポンば注射しよったてたい。どがんするね、小さか時からそがんことばしよるなら。やっぱ、親がおらんけん、そがんことばしよっとだろかね。かわいそかばい、そん子たちは」

「子供たちも大変ばってん、わしらがどがんするかね。この家があるけん、まだよかばってん、ヤマじゃ、あがんバラックば建てて、ヤミばしよるけんね。岩本がそれで助かっとるばってん、どがんなるか」

ヤマとは、万日山の東斜面一帯に這《は》いつくばるように出来上がった朝鮮人の集落を指していた。家の前を流れるどぶ川沿いに二百メートルほど歩くと四つ角にぶつかり、そこを右に折れてしばらくすると、左手に万日山の斜面が広がっていた。雨が降るとぬかるんでしまう幅三メートルほどの坂道がずっと続き、中腹の辺りでなだらかに蛇行しながら左に曲がっていた。

集落はその坂道に沿った斜面に広がっていた。それは、祖国に還ることもできず、正業にもつけず、世間からはみ出た「第三国人」たちが身を寄せ合う場所だった。

トタン屋根に粗末な板張りの、風が吹けば飛ぶようなバラックが、所狭しとひしめき、狭い路地の坂道にはうす緑に黄色がかった糞尿《ふんにょう》や排水が浸み出し、鼻をつくような異臭を放っていた。集落の所々に豚小屋が点在し、豚たちが屎尿《しにょう》処理の役を引き受けてくれていた。と同時に糞尿にまみれた豚たちは、ヤミのどぶろく造りの臭いを消してくれる打って付けの相棒だった。

すでに祖国の分断が決定的になった年の初め頃から、朝鮮人は厄介者扱いにされ、神戸などでは朝鮮人学校の存続をめぐってGHQが非常事態宣言を出すほどの騒ぎになっていた。熊本でも、「第三国人」は厄介払いの対象以外の何者でもなかった。そんな朝鮮人たちが、吹き溜《だ》まりのように集まり、養豚やヤミのどぶろく造りで糊口《ここう》を凌《しの》いでいたのである。

父は岩本の食い扶持《ぶち》探しに奔走したが、アテが外れ、仕方なく、ヤマの知り合いに岩本の世話を頼まざるをえなかった。京子さんの故郷で豚を飼ったこともあり、岩本は豚の習性をよく知っていた。そんなわけで養豚は手慣れたものだった。

ただし、どぶろく造りとなると勝手が違っていた。何よりも父に輪を掛けて酒が苦手な岩本にとって、酒造りは苦痛だった。どぶろく造りの最後に布巾《ふきん》などでもろみを搾り、瓶詰めにする段になると、炭酸ガスが発生し、その臭いが鼻について、酔いそうな気がしてならなかったのだ。それこそ、お猪口《ちょこ》一杯の酒でも卒倒しそうな岩本には、酒の臭いが充満する小屋での作業は、苦行の連続だった。それでも、岩本は京子さんと子供の将来のことを考え、黙々とそれに耐えた。

どぶろく造りはもちろん、人目をはばかった。税務署の摘発がいつあるのか、みんなびくびくしながら、蒸米から麹《こうじ》やイーストの添加、かき混ぜ作業など、一連の作業を手際よくやりとげなければならなかった。

そして何よりも大変なのは、どんなに寒いときでも二十度以上の温度を保ちつつ、一日一度は麹を加えながら発酵したもろみを丁寧にかき混ぜる作業だった。そんな作業を五日間ほど根気よく続けていくためには、発酵したもろみを寝かしておく小屋が必要だった。そのために坂道がカーブする辺りの共同炊飯所の裏に粗末な筵掛《むしろが》けの掘っ立て小屋が設《しつら》えてあった。

小屋の中では小さな裸電球がぼんやりと光を放ち、息苦しいほどムッとするような湿気を帯びた空気が澱《よど》んでいた。噴き出す汗を拭う暇もなく、岩本は慈しむように発酵するもろみをかき混ぜる作業にいそしんだ。

「岩本、どがんや、出来具合は。もうそろそろ搾って瓶詰めにする頃だろ。少し手伝おうか」

父は、共同炊飯所から崖ひとつ隔てた高田組の仕事の現場から足繁く小屋を訪れ、岩本の作業を手伝った。

「うーん、今度はようできとるごたる。もろみの色が違うけんね。やっぱ、何度かしてみらんとわからんね」

共同炊飯所は、ちょっとした倉庫ほどの小屋で、真ん中にふたつの竈《かまど》が設えてあった。小屋の入り口から右の竈には縦に割って半分になったドラム缶が寝そべっていた。その左には大きな炊飯用の釜が何か文句あるかとばかりにどっかりと腰をおろしていた。

地面に敷かれた筵に腰を下ろし、数人の若い衆がすでにどぶろくをあおりながら、口角泡を飛ばして言い争っていた。

「こがん所におってもどがんもしょんなか。まともな仕事はなかし、チョーセン、チョーセンて言うていじめられるだけたい。共和国に還《かえ》れば、きっとよかこつがあるばい。金日成《キムイルソン》は偉かてね。それに較《くら》べて南の李承晩《イスンマン》は、ひどかてばい」

「何ばいいよるか。北はろくな国じゃなか。ぬしは北のことは何も知らんどが。俺たちの故郷《コヒャン》は向こうにはなかとぞ。韓国にあっとに何で悪口ばっかり言うとか。そがん北がよかなら、早よ北に還れ」

「何てや。ぬしゃ、チョッパリ（日本人）と同じこつば言うとか。こん半《パン》チョッパリが」

「半チョッパリてや。もう一回言うてみい。ただじゃおかんぞ」

酔いが回ったふたりの口論は、取っ組み合いの喧嘩《けんか》になり、危うくぐつぐつと煮えたぎったドラム缶の残飯がひっくり返るほどの騒ぎになった。

「止《や》めんか、止めんか。ふたりとも止めー。馬鹿たれが、同じ朝鮮人同士で喧嘩してどがんすっとか」

怒髪天を衝《つ》くような父の怒声に、さすがの若い衆も一瞬ひるみ、やがて我に返ったように項垂《うなだ》れていた。

「何でや、何で朝鮮人はこがん目に遭わんといかんとか。国が解放されたとに、何でこがん惨めなままでおらんといかんとか」

目を真っ赤に泣きはらす若い衆の叫びに、父も岩本も言葉がなかった。ただ黙ってめらめらと燃える竈の炎をじっと見つめるだけだった。悲哀に満ちた静寂が小屋の中の空気を支配し、みんなが自分たちの不遇を嘆いていた。すさんだ心の疼《うず》きが、ヒリヒリと感じられ、それがまたやるせない気持ちを掻《か》きたてた。

だが、悲劇はそれだけでは済まなかった。翌《あく》る一九五〇（昭和二十五）年、朝鮮半島ではその山河を吹き飛ばすような巨大な暴力のエネルギーが少しずつ、いくつかの小競り合いとなって噴き出そうとしていた。

すでに母の胎内には再び、新しい生命が宿っていた。その微《かす》かな動きが母の全身に伝わってくる度に、微笑《ほほえ》みが顔中に広がり、えくぼが一層深くなった。

「うん、うん、今度はどうかいね。今度はもしかしたら、女の子かもしれんね」

ひとりほくそ笑む母は、自分だけの秘密を楽しんでいるようだった。

「何ば、お前はひとりで笑っとっとか。何か隠しとることがあっとか。気味が悪かぞ」

「あんた、実はね、また生まれることになったとたい」

「何や、ほんとか。また生まれることになるとか。うん、うん。マサオひとりじゃ、淋《さび》しかけんね。よかったばい、ほんなこつ、よかったばい」

父もしきりに頷《うなず》きながら、微笑んでいる。

もっとも、これからの暮らしを考えると、鉛色の雲が立ちこめてくるようで、気が重かった。子供ふたり、これからどうなるのか。このまま、ここにいて細々と生きていくことはできても、子供たちの将来は閉ざされているように思えてならなかった。マサオの屈託のない寝顔を見ていると、父も母も胸がきゅっと締め付けられるようだった。

「あんた、この子が大きくなったらどがんなるとかね。チョーセン人だけん、やっぱ、苦労するばい」

「そがんだろね。ばってん、そがんことより、今日、明日のことが心配たい。高田組の方でも、景気が悪かていうて、何人か辞めてもらうことにするという噂《うわさ》ばい。俺もどがんなるか……」

だが、天恵のような僥倖《ぎょうこう》が降って湧くことになった。父や母たちの肉親や祖国を巨大な業火で焼き尽くすような戦争という「神風」が吹くことになったのである。

「北鮮《(ママ)》・韓国に宣戦布告。侵入軍京城《(ママ)》に迫る。すでに開城を占領す。釜山北方に上陸。ゲリラ隊各地に蜂起」「戦争だ！　速報板に集う思案顔」

戦争勃発の翌る日の地元紙には、隣国の急を告げる言葉が躍った。再び、戦争の悪夢が甦《よみがえ》り、やっと復興に向かいかけた世の中の空気を暗くした。

「あんた、どがんするね。北と南で戦争が始まったてばい。オモニはどがんしとるか。みんなのことが心配ばい。こがんことになるなら、オモニたちを熊本に呼べばよかった……」

母の顔は曇り、今にも泣き出しそうだった。

「うーん、どがんなるとか。何も今はわからんたい。弟からも何の連絡もなかし。向こうの事情が全然わからんけんね」

父も母を宥《なだ》めるすべがわからなかった。祖国でいったい何が起きているのか、父や母にはそれを知る手がかりすらつかめなかったのである。ただ、新聞やラジオで起きていることの断片を知るのが精一杯だった。

その間、明らかに戦局は拡大の一途を辿《たど》り、もはや戦争の巨大な歯車を止めることは誰にもできそうになかった。

しかし、熊本での日常は平穏なまま推移した。隣国の殺戮《さつりく》は、表面的には何の実害も及ぼさなかった。それだけではない。一ヶ月も経《た》たないうちに、それは暮らしの沈滞を一掃するカンフル剤となることがわかったのだ。初夏には軍需ブームで株価は一挙に上昇し、百五十億円近くの「動乱特需」に沸き立つことになったのである。

特需のせいで、金属類の値もうなぎ登りに高くなり、電信・電話の銅線盗難事件が頻発し、子供も大人も銅線集めに血眼《ちまなこ》になった。父も母も、岩本も、みんながにわかに降って湧いた戦争景気の恩恵に与《あずか》ることになったのである。
そして殺戮と好景気が交錯する年の夏、母はわたしを出産した。鉄男《てつお》、尚中《サンジュン》がわたしに与えられた名前だった。

十　きずな

戦争は、干涸《ひから》びた大地に突然降り注ぐ恵みの雨のようだった。どん底の不況に喘《あえ》いでいた景気は、俄然《がぜん》、息を吹き返し、それは庶民までも潤した。そして我が家も、そのおこぼれに与《あずか》った。玄関には銅線やアルミニウム、真鍮《しんちゅう》などの廃品が所狭しと積み上げられるようになった。母が副業で回収業もどきのことをやり始めたのだ。

「あんた、ほんなこつ悪か人がおるばい。見てみなっせ。ここんアルミの丸まっとる中に石ば詰めて、騙《だま》しよるけんね。量っとった時、なしてこがん重かとだろかと思ったばってん、扛秤《ちきり》（さおばかり）がおかしかわけもなかしね。しょんなかけん、目方の通りで買ったとたい。ばってん、気になって中ば開けてみたら、こがん石ころが出てきたとよ」

母はこの時のくやしさを終生、忘れることはなかった。

石の詰まった廃品を買わされただけでなく、その上、計算まで誤魔化されて、一桁《けた》多い金額を払ってしまったのだ。

これ以後、母はソロバンを見よう見まねで学び、廃品の種類も自分だけにわかる記号に置き換え、二度と見くびられないよう、精一杯の努力を惜しまなかった。それでも、くやしい思いを何度も繰り返すことになった。

「字も知らんと、ほんなこつ、馬鹿のごたるね。無学なもんは可哀想《かわいそ》かよ。オモニのごつ字ば知らんと、いつでん騙されるけんね」

人を信じやすい純朴な生娘《きむすめ》のような母が、時おり、人の裏を覗《のぞ》き込むような猜疑心《さいぎしん》の塊に変貌したのも、ずたずたに引き裂かれたプライドをもうこれ以上傷つけられたくないという母なりの必死の抵抗だった。

それでも、母の副業の甲斐《かい》あって、我が家の暮らし向きは日に日に上向いていった。

「朝鮮の動乱」が始まるまで、旧満州からの引き揚げ者を抱えた熊本では就業率が極端に低く、巷《ちまた》には失業者が溢《あふ》れかえっていた。

とくに、国鉄・逓信《ていしん》部内の大量首切りとドッジラインによる中小企業の整備が進み、県下の景気は悪化の一途を辿《たど》っていた。ところが、動乱が始まり、みるみる好況に沸くようになったのである。

そして動乱から二年が経《た》つと、株価は急上昇し、熊本市内も証券ブームに沸き、にわかに「素人成金」たちが続々と出現するようになった。鶴屋百貨店や大洋デパートといった、市内有数の百貨店が開店したのもこの頃である。

「あんた、どがんだろかね、この服は？　ハデじゃなかろか。鶴屋で買ってきたとよ。はじめてだけんね、こがん服ば着るとは、何か恥ずかしかばってん、着やすかよ」

ナイロン・ブラウス姿の母は、父も驚くほど映えていた。

「うん、よかね、よかたい」

木訥《ぼくとつ》な父は、内心の感想をそのまま口で表すような性格ではなかった。それが母には少々、物足りなかったが、それでも父の満更でもない様子に、母の心は軽かった。故郷の鎮海《チネ》を出てからこのかた、オシャレなどはどこかに置き忘れてしまったようなものだった。それが、皮肉にも、巡り巡った動乱景気で母も人並みの身なりができるようになったのだ。

だが、浮ついた活況の裏側では、父にも母にも、そして岩本にも不安の影がつきまとっていた。

いったい、自分たちの肉親や妻子はどうしているのか。

一進一退を繰り返す戦況の断片的な情報に、みんなが安堵《あんど》したり、ふさぎ込んだり、一喜一憂を繰り返す毎日だった。

とりわけ、京子さん母娘《おやこ》と離ればなれになった岩本の憔悴《しょうすい》ぶりはひどかった。細面《ほそおもて》の岩本の顔が痛々しいほどやつれて見えた。

「岩本、心配するな。キョウコさんはあがん元気で、賢か女《ひと》だけん、きっとうまく逃げとるばい。キョウコさんたちと一緒になれるけん、ここで稼ぐしかなかたい。元気ば出さんといかんけんね」

父の励ましの言葉も、いまは岩本を慰めることはできなかった。

内心の動揺を持てあまし、憂さ晴らしの酒に溺れることもできない岩本は、ヤマでの仕事が終わると、そそくさと駅前のパチンコ店に通い詰めるようになった。景品の駄菓子やおもちゃが、「戦利品」として我が家に持ち帰られる度に、兄マサオとわたしは腹を空《す》かした子犬のようにそれに飛びついた。岩本は、幼い子供たちにはまるでアラジンのランプの精のように思えてならなかった。

「おっちゃん、次は何ば持ってきてくれるとね。今度は絶対、カバヤのキャラメルば持ってきてはいいよ。頼んだけんね」

翌年に小学校入学を控えた兄のマサオのおねだりにニコニコ応える岩本。しかし、その笑顔に計り知れない悲しみとわびしさが秘められていることなど、子供たちにはわかるはずもなかった。

やがてすさんだ心を癒すように、岩本はかつて根城としていた二本木界隈《かいわい》の色街に足を運ぶようになった。

メンが割れている岩本が、その辺りに出没すれば、ヤクザに焼きを入れられる危険があった。それでも、そうしなければ、岩本は居ても立ってもいられない心境だった。浴びるほど痛飲し、前後不覚に酔いつぶれてみたい。酒が呑《の》めない我が身を厭《いと》うばかりだった。

岩本の生活は乱れ、養豚もどぶろく造りもおろそかになりがちになった。その穴埋めは父と母の負担となってのしかかった。母がわたしを背中に負んぶしながら、父の作業を手伝う日々が半年ほど続いた。

さすがに、無理がたたったのか、母は肺炎を患い、寝込んでしまうことになった。しかも運が悪いことに、肋膜炎《ろくまくえん》を併発してしまい、胸の痛みとともに、激しい咳《せき》や呼吸困難が続き、側《そば》で見るのも痛々しいほどやつれていった。きゃしゃな母の二の腕が棒のように細くなり、潤んだ大きな瞳からは生気が失われていった。

それでも、年を越して春を迎える頃には、母の容態も恢復《かいふく》に向かい、顔を赤らめて激しく咳《せ》き込むようなことはなくなった。母の窮状を人づてに聞いた金岡さんが、食事の世話や家の掃除など、かいがいしく立ち働いてくれたおかげで、母は養生に専念できたのだ。

「ホンナコツ、ネエサンニハ世話ニナリッパナシデ、何モ恩返シバデキンダッタケン、コガン時グライハ役ニタタント、バチガアタルケン。バッテン、ネエサンガ元気ニナッテホンナコツウレシカ。マサオチャンモ、テツオチャンモ、ムゾラシカ（かわいい）ネ。永野ノネエサンハ、ヨカ子バモッタバイ」

「金岡さん、ありがとね。助かったよ。ほんなこつ、助かった。あんたのおかげで、こがん元気になったとだけん。この恩は忘れんよ。何か困ったことがあるなら、いつでも来なっせ」

*

母がやっと動けるようになった頃、動乱は膠着《こうちゃく》したまま、三年目の六月を間近に控えていた。そして兄のマサオは我が家から一キロほど離れた春日小学校に通い、わたしは三歳の夏を迎えようとしていた。そして六月二十五日、動乱が勃発した日に、辺り一面を泥海に変えてしまう豪雨が熊本全域を襲いはじめるのである。

梅雨空《つゆぞら》を引き裂くように突然、大粒の雨が容赦なく地面に叩《たた》きつけ、やがて舗装道路は布団を剥《は》いだように無造作に洗い流され、濁流で押し流された板塀の隙間や路地の奥からは、いくつも死体が突き出し、泥んこの市街に野犬の群れが咆哮《ほうこう》する有り様だった。しかも、白川が氾濫《はんらん》し、市中心部が一大湖水地帯と化したのである。

その日、余りに激しい雨音に目を覚ました岩本は、ただならぬ異変に胸騒ぎがしてならなかった。

窓を開けると、二本木の遊郭街を流れる小さな川が、いまにも氾濫しそうなほど水嵩《みずかさ》を増し、猛烈な濁流となって転げ落ちるように流れていた。

「いかん、こがんしとったら、ヤマの豚が危なか」

怒鳴るように飛び起きると、着替えもそこそこに岩本は一目散にヤマに向かって駆け出していた。

熊本駅の踏切を横切り、細い路地を走り抜けると高田組の事務所の前に出た。そこからヤマの小屋までは上り坂で、坂を下ってくる急流を押しのけるようにして、岩本は必死の思いで小屋に辿り着いた。大粒の雨が頭に叩きつけ、割れるような痛みが走ったが、それも苦にならないほど岩本は無我夢中だった。

視界はほとんど遮られていたが、黒い影のようなものが小刻みに動いているのがわかった。

「おーい、おーい、誰かおっとか。誰やー」

「そん声は岩本か。岩本だろ。こっちた、こったにおるぞ」

その声の主は、紛れもなく父だった。

父は岩本より一足早く、ヤマに辿り着き、豚の世話をしていたのである。濁流が豚小屋を押しやり、豚たちを呑み込んでしまえば、貴重な生きた財産が消失しかねなかった。しかも、生まれたばかりの子豚が無残な目に遭うことには父も岩本も心が痛んだ。

「子豚はほんなこつきれいかねー。むぞらしかよ。しっかり世話ばしてあげんとね」

子豚たちがブー、ブーとうれしそうに母豚の乳をすする姿を、しゃがみながらじっと眺めている岩本の顔にはほのかな笑みが浮かんでいた。「畜生」の子たちに注ぐ岩本の眼差《まなざ》しには、この世の哀れなものに向けられるやさしさがあった。

＊

父と岩本が、悪戦苦闘の末、豚たちを崖の上の安全な工事現場の小屋までどんなふうに運んでいったのか、その顚末《てんまつ》は詳しくはわからない。濁流と崖崩れの恐れを考えると、それこそ、ふたりは死線を越えて豚たちを守り抜いたのだ。

こうしてふたりは、血の繋《つな》がった兄弟以上に深いきずなで結ばれることになった。それ以後、岩本は脇目もふらず、豚の世話とどぶろく造りに精を出すようになった。

夏本番の暑さが始まった頃、長い戦争はやっと休止に辿り着いた。

七月二十七日、休戦協定が調印され、南北は分断されたまま、撃《う》ち方《かた》止《や》めの状態に宙づりになったのだ。結局、戦争は何も解決しなかった。そればかりか、それは新たな問題の始まりでもあった。つまり、「終わらない戦争」の始まりを意味していたのである。

そして戦争をテコにどん底から這《は》い上がろうとした日本にも、それは新たな問題を差し出すことになった。

やっと抜け出したはずの不況が、再び巡ってきたのだ。

休戦協定が結ばれた一九五三（昭和二十八）年、特需の甲斐あって「電化元年」の文字が紙面に躍り、電気洗濯機から電気釜と、庶民には高嶺《たかね》の花でも、確実に復興と成長の「神器」が生活に浸透しつつあった。すでに前年には、個人の国民所得は戦前の一九三五（昭和十）年とほぼ同じ水準に回復し、テレビの本放送が開始されて街頭テレビが話題を集めていた。

だが、特需景気が遠のくとともに、再び不況が訪れ、熊本でもそのしわ寄せが広がりつつあった。そのせいで、土建屋の高田組もめっきり仕事が減り、人員整理が避けられなくなった。父もとばっちりを食い、高田組を辞めなければならなくなった。

「仕方なかばい。こがんご時世だけんね。朝鮮人は真っ先に首ば切られるとたい。ばってん、何とかなるばい。ヤマの仕事ばやるしかなかばってん、何とかなるけん」

「そがんよ、何とかなるけん。岩本のおじさんもおらすし、わたしも地金《じがね》ば集めるけん」

自らを奮い立たせるように母が父に語りかけた。

こうして父は、どぶろくの販路や豚の売りさばき先の開拓など、もっぱらソトの仕事に精を出すことになった。大枚をはたいてやっと手に入れた原付自転車で、父は遠くは三角や阿蘇まで出かけるようになったのである。豚の世話やどぶろく造りは岩本、留守を守るのは母だった。

どんなに蔑《さげす》まれても、三人はふたりの子供とともに、ヤマで生きていくしかなかったのだ。

十一　母の嘆き

硝煙が止《や》み、動乱特需の効果も薄れてくると、その反動なのか、景気はいっこうに上向く気配がなかった。

物価は米の豊作もあって、安定するようになったとはいえ、職にあぶれた人々が路頭に迷い、世相は依然としてすさんでいた。未成年者の人身売買や少年の自殺、殺人事件などが相次ぎ、戦争の爪痕は雪解けの山肌の黒々とした斑点《はんてん》のようにこびりついていた。

それでも、安定への足固めが進みつつあった。終戦十周年を翌年にひかえ、錦秋の水前寺公園では、熊本交通観光大博覧会が華々しく開催され、陸海空の乗物やパノラマ、ジオラマなど、未来の夢を掻《か》きたてる動く展示物が、躍進する熊本の前途を言祝《ことほ》いでいるようだった。

だが、復興の光が輝けば輝くほど、朝鮮人たちは日の当たらない世界へと押し込められていった。行き場を失ったモグラたちが、必死になって地中深く逃げ込むように、彼らは自分たちのヤマにすがりつこうとした。しかし、そこには小さな希望すら見いだせなかった。ヤマの誰もが、愚痴をこぼさずにはいられなかった。

「こがん何回もやられるなら、どがんもこがんも、メシば食ていけんばい。ドラム缶までみんな持っていってしもたけんね。何も残っとらんたい」

「ほんなこつたい。これで何回、税務署にやられたつかね。この間は、あがん若か奴《やつ》が『ぬしどまチョーセンは早よ出て行け』て言うて、見とった家《うち》ん英実《ヨンシル》にまで唾ば吐きよったけんね。まだ小学生にもなっとらんとばい」

「そがん言うても仕方なかたい。俺たちゃ、ヨソもんだけんね。もうこがんなら、ウリナラ（我が国）に還《かえ》るしかなかばい。熊本におっても、よかこつはなかけんね」

「ばってん、還るていうて、むこうでどがんするね。メシャ食ていけんばい。それに子供がかわいそか。ウリマル（言葉）もわからんけんね」

踏みつぶされた竈《かまど》とひっくり返った大きな釜の無様な姿が、わびしさを一層際だたせた。釜の底にへばり付いた残飯に群がるハエの羽音が、重苦しい空気を微《かす》かに振動させているようだった。

「どがんもこがんも、しょんなか。ばってん、ここで生きていかんと。ブタも飼っとるし、ヤミもまた始めりゃよかたい。どがんかなる。それに、どがんかせんといかんたい」

自らを奮い立たせるような父の声に呼応するように、岩本が口を開いた。

「むこうがどがんか、俺がよう知っとる。ひどかもんたい。生きてはいけん。だけん、ここでがんばるしかなかと」

こんな時に口を出すような男ではない岩本の、ハラの据わった言葉の勢いは、みんなを黙らせる迫力があった。

「そがん暗か顔ばせんと。今日はここで呑《の》めばよかたい。家《うち》ん奴がおいしかもんば持ってくるけんね。みんなで食べて、明日からがんばればよかけん」

父が言い終わらないうちに、すでに母がゆでた豚肉の塊とキムチを小屋の中に運び込もうとしていた。

ヤマの女や子供たちも顔を出し、小屋の中は俄然《がぜん》、騒がしくなった。

「テツオ、こっちに来んか。どぶろくはうまかぞ。姉さん、テツオはいくつになったかね」

「今年の夏で五歳になっとよ。こん子はよう泣くし、手間がかかるばい。ばってん、こがんしてようひとりでヤマに来るごたるね。まだ小さかけん、酒はそがんあげんではいよ」

「テツオ、お前はほんなこつむぞらしかね。顔はオモニ似たい。マサオは、アボジに似とるもんね。どがんか、少し呑んでみるか。うまかぞ」

「ほんなこつ、うまかね？　……。ヴェー、な、な、なんね、こらー。あまざけじゃなかとね」

「ワッハッハー、ワッハッハー、面白かばい、こん子は」

みんながどっと吹き出し、さっきまで沈んでいた大人たちの顔に笑みがこぼれた。小屋の隅では、岩本が微かな笑みを浮かべながら、肉とキムチをほおばっている。父の相好も崩れ、うれしそうだった。母は困った顔をしながらも、笑いの渦の中にあった。夜気の中に笑いと歌声が響き渡り、ヤマはいつもの元気を取り戻しつつあった。

しかし、南国の日射しが強くなり、所々で、クマゼミの急《せ》くような鳴き声が響く頃、またも災難が襲ってきた。

「永野の姉さん、永野の姉さん、大変ばい、大変ばい」

息を切らして駆け込んできたのは、新井さんだった。小さな体にだぶだぶの革ジャンを着込んだ新井さんは顔も小さく、まるでやんちゃな小僧がすっぽりと革ジャンにくるまっているような感じだった。

新井さんがどんないきさつで我が家に出入りするようになったのか、詳しくはわからない。ただ、新井さんも岩本と同じように単身、日本にやって来たようだった。ヤミやブローカーまがいの生業《なりわい》をしながら、日銭を稼いでいた新井さんは、いつもわたしや兄のマサオにオモチャの土産《みやげ》を欠かすことはなかった。

「いつ来ると、いつ来ると、新井さんはいつ来るとね？」

時おり思い出したようにわたしが母に迫ると、どういうわけか、日をおかず、新井さんは我が家を訪ねてくれた。

しかし、今度は違っていた。血相を変えて飛び込んできた新井さんの姿に母も動転しているようだった。

「どがんしたと、どがんしたとね？　何かあったとね？」

「姉さん、早よ、みんなに伝えんと。税務署が来よるばい。もう時間がなかよ、早よ、みんなに……」

母の顔から血の気が失《う》せていくようだった。あいにく父は三角の方に出かけて留守だった。岩本も、屠場《とじょう》のある春竹《はるたけ》に出かけていた。新井さんの話が終わらないうちに、母は外に走り出した。まるで気がふれたように形相は一変していた。

「オモニー、オモニー、オモニー」

わたしはただ、泣きながら母の後を追うのが精一杯だった。我が家からヤマに通じる坂道の途中まで、母は韋駄天《いだてん》のように駆け上って行った。ぜぇぜぇ、息を切らし、髪を振り乱して坂の下の方を見つめる母の顔に夏の太陽が容赦なく照りつけた。

「なんでね、なんでこがん目に遭わにゃいかんと。なんでね……」

ぶつぶつと独り言《ひとりご》つ母は、道の真ん中に仁王立ちし、近づきつつあるトラックの運転席をじっと睨《にら》みつけていた。と、何を思ったのか、やにわに道ばたの石ころを拾い上げ、迫ってくるトラックに向けて投げつけたのである。

幸い、石ころはフロントのバンパーをかすめただけで、人には当たらなかった。

母は感情が高ぶったのか、そのまま地べたにへたり込み、胸をこぶしで叩《たた》きながら、天を仰ぐように泣いていた。

「アイゴー、アイゴー、うちらはどがんしてこがん目に遭わにゃいかんとー。どがんして……」

その日の夕方、母は熊本北署に連行されることになった。知らせを聞いて駆けつけてきた父が神妙な顔で母の横に座っている。入り口で中をのぞき込むマサオとわたしは、気が気でなかった。そして入り口から少し離れたところで岩本がタバコを吹かしながらこちらを見つめていた。その晩、北署で夜を明かした母は、翌《あく》る日の昼過ぎには我が家に帰って来た。少しやつれた様子だったが、照れくさそうに笑っていた。その時の母の笑顔は、神々《こうごう》しいほどに輝いていた。

「マサオもテツオも、お利口にしとったたね。お前たちも心配したろ。ばってん、オモニは元気だけんね。これからうまかもんば作るけんね」

母は何かサバサバしたような様子で鼻歌を口ずさんでいた。

「夏も近づく八十八夜　野にも山にも若葉が茂る……」

哀しい時も、楽しい時も、母の口から漏れる吐息のようなあの歌。それは、また母の祈りの歌だったのかもしれない。

しかし、その祈りも虚《むな》しく、朝鮮人たちの最後のねぐらも奪われてしまった。ヤマの生活の糧が根こそぎ破壊し尽くされ、もはやそこに戻ることはできなくなったのだ。

「あんた、もうこがん生活はダメばいね。ヤミはもうできんごとなったけんね。あんだけ壊されたら、もうダメばい。なんか他の商売ばせんと……。どがんだろかね、地金屋《じがねや》は？」

「うん、俺もそれば考えとったと。北熊本の近くば通りかかったとき、よかごたる場所があったけんね。あの辺りなら、土地もそがん高《たこ》うはなかど。まだあの辺りは、土地も空いとるけんね。うちのカネばかき集めれば、四十坪ぐらいは買えるど」

熊本駅から北東方向に五キロほど、山鹿《やまが》へと延びる国道三号線沿いに、父は四十坪にも満たない土地を見つけ出した。土地の持ち主が朝鮮からの引き揚げ者で、さほど偏見がなかったせいか、交渉はトントン拍子でまとまり、父は生まれてはじめて自分の土地を手に入れることができたのである。

熊本と北九州を結ぶ大動脈も、当時はまだ往来も頻繁ではなく、時おり牛や馬が我が物顔に行き来し、梅雨時《つゆどき》などは車に轢《ひ》かれた夥《おびただ》しい数のカエルが無残な姿をさらしていた。犬や猫が哀れな犠牲になることも稀《まれ》ではなかった。

そんな鄙《ひな》びた道路沿いに我が家は、永野商店の小さな看板を掲げ、廃品回収の正業を営むことになったのである。

「あんた、その看板はもうちょっと大きくした方がよかったとじゃなかかね。なんかハッキリわからんごたるけん、もうちょっと大きか方がよかばい」

「そがん言うても、もうできてしもうたとだけん、仕方んなかた。あんま大きかより、そのくらいでちょうどよかばい」

父と母は、細々《こまごま》としたことで言い争いながらも、自分たちの「城」を持てたことで、意気軒昂《けんこう》としていた。一国一城の主。それはささやかながら、父の夢だったに違いない。それが叶《かな》えられたのだ。

父の気持ちは高ぶっていた。母も、生来の商売っ気がむくむくと頭をもたげてきたのか、いつになく晴れ晴れとした感じだった。岩本も、しゃがみ込んだまま、しげしげと永野商店の看板を見つめ、感慨深そうだった。

蛍光灯の光とそれに照らし出される食卓。真新しい畳の匂い。すべてが新鮮だった。しかし、マサオとわたしには慣れ親しんだ「昨日の世界」が遠くに消えてしまうようで、ぼんやりと不安の影がちらついていた。

十二　屑屋さん

ヤマの生活から遠ざかることで、すべてが一変した。何よりも糞尿《ふんにょう》と麹《こうじ》が入り混じったような、あの独特の澱《よど》んだ空気と臭いがなくなったのだ。朝晩の澄み渡った空気と遠くから仄《ほの》かに漂う青草や木々の匂いがそれにとって代わった。鼻づまりがスッキリと治って、頭の中まで爽快になっていくようだった。

また、辺りを見回すと、同じ境遇の朝鮮人はどこにも見あたらなかった。泣くにも、笑うにも、大声で怒鳴るように声を張り上げる人々はどこにもいないのだ。まるで五人だけ別の島から知らない陸地に移ってきたような気分だった。

新しい我が家は、「菊池電車」で親しまれている熊本電鉄の北熊本駅から歩いてわずか一、二分の、室園町《むろぞのまち》と清水本町の境にあった。

国道三号線と並行して走る菊池電車の線路を横切って西に向かうと、一面、広々とした田圃《たんぼ》が広がり、目と鼻の先に坪井川の土手が見える。その川が南へと流れていく先には、熊本城がくっきりと聳《そび》え、さらにその先には花岡山の仏舎利塔がぬっと立っている。坪井川の土手から我が家の方を振り向くと、その背後には立田《たつだ》山が所々禿《は》げた地肌を晒《さら》しながら寝そべっている。山と川と田圃、そして近所に点在する雑木林。これらが我が家を取り巻く世界だった。

そしてそこに住む人々も、ありふれた市井の人々だった。

我が家から国道を隔てた向かい側には文部省唱歌の「村の鍛冶屋《かじや》」の世界から抜け出してきたような鍛冶屋や貸本屋、自転車屋や米屋、そして小さな駄菓子屋などが軒を連ねていた。ちょっと大きな建物と言えば、畑の中にぽつんと建っている銭湯ぐらいだった。ぱらぱらと点在する人家を除けば、我が家の周りは、空き地や畑が目立った。そんな中で我が家はひときわ浮き上がって見えたに違いない。

六畳二間と少々広めの土間、そして家の裏に隠れるように建つ小さな倉庫が永野商店のすべてだった。それ以外の空いた場所は、古瓶や廃品で占められていた。

商売が軌道に乗るキッカケは、意外なところから訪れた。我が家から北に二キロほど離れた清水町キャンプ・ウッドの進駐軍が熊本を去ることになり、軍の物資や旧日本軍の押収品などが放出されることになったのだ。

父がどんなツテを通じてそれに与《あずか》るようになったのか、その事情はわからない。ただ、我が家は一挙に活況を呈し、朝から晩までひっきりなしに小型トラックなどが出入りし、母も岩本も寝食を忘れて働き続けた。

「惨《むご》かこつばしたとばいね。お祓《はら》いばせんと」

通りにはみ出しそうに堆《うずたか》く積まれた赤褐色に錆《さ》び付いた軍刀や鉄兜《てつかぶと》などの廃品をじっと見つめながら、母は塩を辺り一面にふりまき、ぼそぼそと何かを念じていた。それは、厄除《やくよ》けを兼ねた韓国式の「お祓い」のようだった。母は、歴史の惨たらしい残骸を処理する生業《なりわい》を因果な仕事と思ったに違いない。

「うちに来る人たちゃ、みんないろいろと問題があるとたい。うちは屑屋だけんね。ばってん、みんな生きてゆかんとね。どがん仕事ばしとっても、心は錦だけん。何も悪かこつはしとらんし、この商売がなかったら、みんなが困っとだけん」

ところ変われども、ここにも「どん底」の世界があった。以前と違うのは、日本人が主な登場人物だったことだ。

酒浸りで夫婦げんかの絶えない川野さん。えびす荘に住む関西弁丸出しの橋本さん。駆け落ちしてきたらしい田原さん。「犬殺し」と呼ばれていたちょび髭《ひげ》の飯島さん。不自由な右足を引きずりながら、いつも悲しい顔をしていた吉川さん。みんなどこかに傷のようなものを抱えた人たちだった。

そうした人たちが、リヤカーや運搬車で運んでくる廃品を、母はてきぱきと秤《はかり》にかけ、値段をつけて、現金で支払うのだ。目方がちょっとでも狂えば、諍《いさか》いが絶えず、五円、十円の違いで小買人《こがいにん》たちの足が遠のくことも稀ではなかった。読み書きのできない母にとって、緊張を強いられる毎日が続いた。

しかも、母は彼らが馴染《なじ》みになってくれるように、日替わりのつまみにコップ酒をふるまい、機嫌をとらなければならなかった。

「小買人さんたちゃ、みんなオモニが作るものば楽しみにしとっとたい。こんニラキムチはみんながおいしかて言うけんね。それに昨日《きのう》は、メンテ（明太＝スケトウダラ）ば焼いたやつばあげたら、みんなおいしか、おいしかて言うて全部食べてしもうたけんね。こがんしてあげんと、みんな寄っつかんとたい」

商売っ気のある母も、内心、ストレスが溜《た》まり、落ち着く暇もなかった。それでも、家業は確実に上向き、母の顔に笑みがこぼれるようになった。

ただ、それも頭打ちの感がしないわけではなかった。原付自転車で外回りをするだけでは限界があったのだ。いろいろなところから廃品を掻《か》き集め、それを素早く運んでくるためには、どうしても小さなトラックのようなものが必要だった。

そんな折、三百キロ積みの軽三輪自動車ミゼットが父と母の目を引いた。

「よかねー、こがんトラックがあれば。これがあれば、天草でん、阿蘇でん、どこに行ってもよかし、荷物ばすぐに運んでこられるけんね」

「ほんなこつね。そがんトラックがあれば、たくさん廃品ば運べるばい。ばってん、あんた、どがんやって免許ば取るね。金《かね》は何とかなるばってん、免許が取れんとね……」

母の言葉は、父の痛いところを突いた。父も、そのことが気がかりだったのだ。

「あんた、やってみるね。仕事ば少し減らして、勉強すれば、もしかして取れるかもしれんけん」

父は母ほど読み書きができないわけではなかった。それでも、運転免許を取るのは至難の業だった。

明け方の暗いうちから寝床の中で辞書と首っ引きで問題集に取り組む父の真剣な顔つきからは、悲壮感のようなものが漂っていた。生涯に一度も自分のことで愚痴をこぼすことのなかった父は、黙々と苦行に耐え、二度目の挑戦で見事に合格したのである。

真新しい免許証を携えて我が家の敷居をまたぐ父の顔は、凱旋《がいせん》将軍のように意気揚々としていた。

「ほんなこつ、アボジはすごかばい。やっぱり人間は努力が大切たい。努力すれば、何とかなるとだけん」

まるで自分のことのように得意げな母は、免許証を神棚に上げ、何度もお祈りを捧《ささ》げていた。

そしてやがて憧れのミゼットが、我が家にデビューする日が来た。家族みんながそわそわして落ち着かず、今か今かとミゼットの訪れを待った。ピカピカに輝く軽三輪の雄姿が見えたとき、母の頬は紅潮し、感極まったようだった。

「みんな手ば触れたらいかんけんね。今からオモニが、お祓いばするけん。マサオ、テツオ、離れとかんね。そこに触ったらいかんたい」

用意した酒で車体を浄《きよ》め、その後に塩を擦り込みながら、両足をぴょんぴょん弾ませるように踊り始めたのだ。口からシュー、シューと意味不明の音を発する母の様子は、何かに取り憑《つ》かれたように殺気立っていた。

「こがんしとくと、絶対に事故に遭うことはなかけんね。心配なかよ」

それでも、国道三号線では痛ましい事故が絶えなかった。その頃、往還と呼ばれていた国道は、生活道路として沿道の人々の生活の一部となっていたのである。そのためか、時おり猛烈な勢いで疾走する大型トラックやバスに撥《は》ねられる犠牲者が相次いだのだ。

＊

「テツオー、女学院の坂ば上がるところで、人が死んどるてぞー。見に行かんか」

鍛冶屋のケンちゃんに誘われたわたしは、自転車の後ろに飛び乗り、怖いもの見たさに、現場に駆けつけることになった。まだ十歳になったばかりの頃だった。

遠巻きに現場を眺める人垣の隙間から、人が仰向《あおむ》けに倒れ、まさにべっとりと大量の血がアスファルトに流れていく様が見えた。まだぴくぴくと体が痙攣《けいれん》し、生き物の気配が漂っていた。しかし、誰も為《な》す術《すべ》もなく、ただ恐る恐る断末魔を見守るだけだった。

体中にぞくぞくとするような悪寒が走り、「人が死ぬばい、人が死ぬばい……」と叫びながら、わたしはただ一目散に我が家に飛び込み、母を見つけると、母の懐に頭を埋めて泣きじゃくった。

「死んどるばい、死んどるばい、人が死んどるばい。どがんするねー、どがんするねー」

「何があったとね。どがんしたとね。テツオ、何でそがん怖がっとっと。オモニに話ばせんね」

衝撃がさめやらぬ数日後、今度は母が血相を変えて我が家に飛び込んできた。近くの交番から帰ってきたのだ。父が事故に遭ったらしいのだが、安否がよくわからないという知らせを聞いてきたのである。

「アイゴー、アイゴー、どがんするね」

母の顔は不安と苦悶《くもん》でゆがみ、今にも泣き出しそうだった。わたしの脳裏に、息も絶え絶えな血に染まった父の顔が浮かんでは消え、消えては浮かんだ。その夜、母も岩本も、不安の中でまんじりともせず、父の帰りを待ち続けた。もっとも、マサオとわたしは睡魔に負けて、ぐっすりと寝込んでしまった。

真夜中、母の叫ぶような声に、マサオとわたしも目を覚ました。

「無事だったとね。よかった、よかったばい。どがん心配したね、ほんなこつ」

寝ぼけ眼《まなこ》に映った母の顔にはうれし涙があふれていた。不安と緊張から解き放たれたせいか、全身から力が抜けてしまったように母は土間にうずくまったままだった。

道路に飛び出した子供を避《よ》けようとして父のミゼットは路肩に乗り上げ、その勢《はず》みで顔や肩を打ち付けたらしい。額の大きな絆創膏《ばんそうこう》と唇の腫れ上がった顔が痛々しかったが、父は平然としていた。

「なんば心配しよるとか。こがんして生きとるばい。心配せんでよか」

母をいたわる素振りもなく、卓袱台《ちゃぶだい》の前にどっかりと腰を下ろすと、すっかり冷めてしまったご飯とキムチをもりもりと食べ始めたのである。

「アボジは、口数も少なかし、ほんなこつ、もっこす（意地っぱり）たい」

母は半ば諦めたように父をくさすことがあった。

「アボジは、真《ま》っ直《す》ぐで嘘《うそ》のつけん人だけん。もう少し冗談も言うて、要領がよかならばよかばってん。ばってん、それがアボジのよかとこたい」

如才なく振る舞えるような機転の利く父ではなかったが、どこか突き抜けたような悲しい胆力とでも言えるものが備わっていた。母が惹《ひ》かれたのも、そんな寡黙だが、どっしりとした父の潔さだった。押し黙った、悲哀の入り交じったような父の無骨さは、しかし、時には思わぬ商機をもたらすことがあった。

高原景気がジワジワと熊本に波及し、「消費のデラックス化」で市内の歓楽街も賑《にぎ》わいを呈していた一九六〇（昭和三十五）年、市内有数のナイトキャバレー「たそがれ」と姉妹店「たそがれ酒場」から火が上がり、キャバレーは全焼、火の手は下通《しもとおり》の商店街にも燃え移り、十数人の死者を出す大惨事となった。

甚大な災害の後、辺りに残された膨大なゴミや焼けただれた鉄骨などの廃品をどう処分するかが問題となり、何と父が「たそがれ」の一番の用心棒と掛け合って落札に成功したのだ。

件《くだん》の用心棒が、戦中、叔父のテソンと面識があったという幸運に恵まれたとはいえ、父の篤実《とくじつ》で飾らない物言いと、無骨なほどの誠実さが相手に伝わらなかったら、きっと話はご破算になっていたに違いない。

もっとも、験《げん》を担ぐ母は、「たそがれ」の話に決して前向きではなかった。亡くなった犠牲者の遺品がゴミの中に交じっているはずだし、金目のモノを運良く発見しても、後々、きっと厄災が巡って来るに違いないと思ったからだ。

それでも、落札は、永野商店にこれまでにない天恵となった。

小型トラックで続々と運び込まれるゴミは、我が家から二キロほど国道三号線を北上した、菊池電車が間近に通る急《きゅうごしら》拵えの埋め立て地に棄《す》てられた。その中に金やダイヤモンドなどの貴金属や宝石がゴロゴロしているという噂《うわさ》が持ち上がり、近在から一攫千金《いっかくせんきん》を夢見た人々が集まるようになった。熊手やスコップで辺り構わず掘り起こし、「お宝探し」に狂奔する人々でごったがえす始末だった。その光景を見るなり、母は大きな声で怒鳴り声をあげた。

「あんたら、何ばしよっと。泥棒んごたこつばすっとじゃなか。人が死んどっとばい。そん人たちのもんば漁《あさ》って、あんたらどがんすっと」

やがて母は用意した酒で辺り一面を濯《すす》ぎ、ビニール袋から取り出した塩をところ構わずまき散らしながら、シュー、シューと唸《うな》り声を上げて飛び跳ねるように踊り出したのだ。

みんな呆気《あっけ》にとられ、ただ怖々と母の奇矯《ききょう》な振る舞いを見守るだけだった。みぞれが吹き付ける夕暮れの埋め立て地に、母の独《ひと》りだけの「祈りの舞」は続いた。

十三　祭《さい》祀《し》

屑屋《くずや》は戦争や災害のむごたらしい残骸を処理する因果な生業《なりわい》だったが、商運は確実に上向いていった。三種の神器のひとつ、テレビがまだ高嶺《たかね》の花だった頃、早くも我が家に白黒テレビが御目見得《おめみえ》することになったのだ。

通りの斜向《はすむ》かいにある米屋に次いで近所では二番目に、神々《こうごう》しいばかりのテレビが我が家に運ばれた日、家族中が朝からそわそわして落ち着かなかった。

「いつ来《く》っと？　いつ来っとね？」

「せからしか。何遍、同じことばっかり言いよっと。昼にならんと来《こ》んて言いよっとじゃなかね」

マサオやわたしを叱りつけながらも、母も待ち遠しくて仕方がないようだった。

「まだ来んとか、電気屋は？」

「アイゴー、さっきから同じことばっかり言いよって、子供のごたる、こん人は……」

母に窘《たしな》められ、父も子供たちの手前、何だかバツが悪そうだった。父のお目当ては、もちろん、プロレス中継をじっくりと我が家で観ることだった。やっと自分の家で憧れの力道山の雄姿を心置きなく楽しめるのだ。その日、父は珍しく仕事が手につかない様子だった。思いは岩本も一緒だった。

「うーむ、どうも力道山は、朝鮮人のごたる。間違いなか。ウリナラ（我が国）には、力道山のごたるよか男がおるけんね。あの武者んよか（かっこいい）顔は、朝鮮人に間違いなか」

岩本の品定めに「ふむふむ」と父もしきりに頷《うなず》き、母も「やっぱり」といった顔をして相づちを打っている。

テレビが奥の六畳間の主となるや、我が家に出入りする小買人《こがいにん》たちやその子供たちが三々五々、集うようになった。とりわけ、プロレス中継がある金曜日の夜には、我が家は人だかりができるほどだった。老いも若きも、この時ばかりは、まるでありがたいご本尊を拝むように画面の力道山に釘付《くぎづ》けになった。

みんなの期待がいやがうえにも盛り上がってくる頃、やおら母がうやうやしくテレビの前にすわり、スイッチを入れるのが習わしだった。

「よかですかね。これからスイッチば入れますけん。できるだけ、子供たちは前に詰めて……。うん、うん、そがんそがん。じゃー、点《つ》けるばい」

画面の中央に白い点が見え、それがもぁもぁと画面全体に広がっていくまでどれくらいの時間がかかったろう。番組が始まるや、全員が前のめりになり、少しでも画面に近づこうと躍起になっていた。

テレビを独占できないマサオとわたしは不満だったが、でもどこか誇らしい感じがしないでもなかった。

「うちの家は特別ばい。こがん人が集まって来るとだけん」

ふたりとも内心、鼻が高かった。

しかし、我が家が特別なのは、それだけではなかった。マサオもわたしも、我が家が、穴があったら入りたいほど恥ずかしい特別な場所に思えることがあったのだ。

暖かい春風とともに「下関のおばさん」がやって来る度に、マサオとわたしは、これから始まるに違いない気がふれたような大人たちの行状に身が縮むような思いだった。チマ・チョゴリにコムシンを履き、ややガニ股で悠然と歩く下関のおばさんの姿は、周りの空気を一変させるほど浮いていた。そしておばさんが来ると、決まって母は人が変わり、ドラや太鼓ががんがん家中に鳴り響く中、白いチマ・チョゴリに身を包んで、激しく哭《な》きながら所構わず徘徊《はいかい》するのだ。

「ア〜イ〜ゴ、ア〜イ〜ゴ、ア〜イ〜ゴ……」

母の哭き声は、アブラゼミの鳴き声のように長い調子で延々と続き、そして喉を震わせながら炸裂《さくれつ》する音へと変わっていく。

「ハルオ〜、ハルオ〜、ハルオ〜、パムモゴラ〜（ご飯を食べなさい）」

下関のおばさんは、九州では名の知れたムダン（巫女《みこ》）だった。幼くして亡くなった春男の命日に、その霊魂を慰めるためわざわざ下関のおばさんを呼び寄せたのだ。下関のおばさんを助ける巫子は、三人ほどのアジュモニ（おばさん）たちが務め、哭きや巫楽《ふがく》を担当するのが習いだった。

マンジャ（亡者）を呼ぶムダンの悲しい歌声とともに死者の霊魂のためのオグ・クッ（祭儀）が始まり、ムダンの数次にわたるプニョム（繰り言）に母は何度も哭きはらし、春男とふたりきりの世界に浸りきっていた。

その時の母は、深い憂鬱の中にうち沈み、故郷の春の海に浮かぶ小舟のように、遠い記憶の世界を漂っているようだった。哭き声は、高ぶることがあっても、溜息《ためいき》のような哀愁に満ち、無念のうちに死んでいったに違いない春男への挽歌のようだった。

しかしマサオとわたしには、それは身震いするような黄泉《よみ》からの声にしか聞こえなかった。母が一時的とはいえ、神隠しにあうようで不安だった。そしてわたしたちは、母の「異常」を誘い出すムダンたちを忌み嫌い、そして恐れた。

「逐鬼《ちくき》」の呪術的な儀式の時にはマサオもわたしもおろおろし、身をすくめて嵐が過ぎていくのをただ待つしかなかった。だが、母は鬼神が人に取り憑《つ》くと、病気やら災難やらが起きるに違いないと信じて疑わなかった。とりわけ、水に溺れ死んだ人が鬼神になった水鬼神が、マサオとわたしを水の中に引き入れてしまわないかと恐れたのである。

その頃は夏になると、子供たちが溺れて死ぬニュースが度々報じられた。川や水源、海などで、子供たちが行方不明になり、しばらくして無残な溺死体で発見される事故が相次いだ。母は、水遊びに夢中になるマサオとわたしのことが心配でならなかった。そのため、逐鬼の呪術的な儀礼は、母にとって最も大切な祭儀だった。

主巫と助巫が、長鼓《チャング》やチェーグム（シンバル）、ケンガリ（鉦《かね》）といった巫楽器を奏で、その激しいリズムに合わせるように、母は全身を震わせて踊り出し、ぜぇぜぇと息を切らしながら笹《ささ》の葉で鬼神を追い払い、家中を練り歩くのだ。

やがて今度は出刃包丁を取り出し、それをマサオとわたしの体すれすれに突き刺すような素振りを繰り返し、その度ごとに不気味なくぐもった声が母の口から漏れてきた。

「しゅーっ、しゅーっ、しゅーっ……」

吐き出される母の荒い息づかいにマサオとわたしは身をすくめ、怖《お》じ気《け》づいたまま、声も出ない有り様だった。

わたしが父にすがり、岩本に助けを求めても、ふたりはただ黙ったまま、片隅にちんまりと座っているだけだった。男たちの出番はなく、母たち女がその場を支配していたのだ。

最後に母は、出刃を玄関から外に投げて卜《うらな》い、鬼神が間違いなく我が家から出て行ったことを確認しようとした。

しかしそれがうまくいかなかったりすると、母やムダンたちは、そろって水源まで出かけ、鬼神を追い出す儀礼をやるのだ。

「テツオくん、昨日、ほんなこつ妙な格好ばしたおばさんが、気のふれたごつ踊りよったばい。ありゃ、チョーセンじゃなかや。テツオくんところのおばさんとそっくりだったばい。テツオくんところのおばさんじゃなかとや。そがんだろ」

わたしの顔を窺《うかが》うような級友の表情に、返す言葉もなかった。

「うっ、うん……。違うど……」

家に帰るや、わたしはランドセルを叩《たた》きつけ、遣《や》り場のない怒りに身を震わせた。しかし、母たちは、そんなことなどどこ吹く風と、三日にわたって水源の八景水谷《はけのみや》に通い続け、春爛漫《らんまん》の公園に群がる大勢の花見客をぎょっとさせたのである。

母やムダンたちの世界、それは在日の中で忍従を強いられた女たちだけに許された土俗的な聖域だった。その世界の中で、母たちは無念のうちに死んでいった人々の霊魂との交流をはかり、自分たちの心の痛みを和らげようとしたのである。そこには、変えられない現実への諦めと悲哀があった。

と同時にそれは奈落のような境涯に穿《うが》たれた浄化のひとときだった。癇癪《かんしゃく》が爆発するような狂躁《きょうそう》が、母の胸の奥にある鬱積を一挙に払いのけていくようだった。

「今年はこがしこ（こんなに）やったけん、マサオとテツオは大丈夫ばい。ハルオがずっと守ってくれるけんね」

逐鬼の儀礼が終わった後の母は、すべての邪気を祓《はら》ったように、清々《すがすが》しい顔に変わっていた。憂いが消え、零細な家業をテキパキとこなす勝ち気で、時には計算高い母の姿にもどっていた。

とはいえ、悪鬼《あっき》のような形相で踊り狂う母の姿を見た近所の人々からは様々な噂《うわさ》が飛び交うようになった。

「あそこのおばさんは、くるくるパーじゃなかと。この間は、妙な服ば着て、気のふれたごつ泣いとったばい。普段はあがんじゃなかばってん、どがんしたとだろか。何かあったとだろかねぇ。チョーセンのごたるけん、おかしかヤツが多かとだろかね」

口さがない大人のひそひそ話は、瞬《またた》く間に子供たちにも伝わり、物心がつきだした兄のマサオを暗くした。おとなしい彼は、級友たちの間に飛び交う母の噂話には人一倍敏感だった。自分の家はフツーじゃない。周りから浮いた特別な存在だという自覚が、マサオの心に暗い影を投じた。

わたしもまた、やっとできたばかりの友達が、何かの拍子に母のことを話題にするのが嫌だった。そしてチョーセンという言葉の響きが、その頃のわたしには、卑猥《ひわい》な隠語のように思えてならなかった。

それでも、マサオとわたしにとって、母は絶対的な存在だった。逞《たくま》しく、頼りになり、そして愛《いと》おしい存在だった。そして何よりも、休むことを知らない力強い存在だった。ただ、子供たちには、母の抱え込んだ煩悶《はんもん》や葛藤がどれほど激しく、切実であったか、見えていなかった。

母は、自分たちを取り囲む世界の偏見に満ちた眼差《まなざ》しを誰よりも敏感に感じ取っていたのである。だからこそ、母には黄泉のような世界の儀礼が必要だった。そして何よりも祖先を敬う祭祀が、母を支える拠《よ》り所だった。そして祖先を祭ることは、この世の幸福や不幸、家族の安寧や災難に直結する最も大切な義務だった。母は、そのことに異常なほどにこだわり続けた。

「マサオもテツオも、元気でおられるとは、オモニがしっかり祖先ば大切にしてきたからたい。祖先ば大切にせんと、よかこつはなかけんね。よかね、どがんこつがあっても、祖先ば大切にせんといかんよ」

とりわけ母がこだわったのは、父の家系に連なる曾祖父《そうそふ》や祖父の忌祭祀（法事）だった。

祭祀は、夜の十一時半頃から始まることになっていた。祭床にはご飯と汁が二器ずつ供えられ、それ以外に酒、ほうれん草、イシモチ、ハイガイ、牛肉の串焼き、椎茸《しいたけ》、鶏卵、桔梗《ききょう》、なつめ、串柿、蜜柑《みかん》、菓子、梨、林檎《りんご》などが所狭しと鮮やかな色を競っている。

「マサオ、テツオ、起きんね。これから始まるばい。起きて着替えんね。眠かばってん、がまんせんと。はよ、はよ。時間がなかよ」

寝ぼけ眼《まなこ》をこすりながら、マサオとわたしは、しぶしぶ奥の六畳間に設《しつら》えられた祭床の前にぐったりと座り込んだ。もう父が正装して正座している。

姜家の直系血族者ではない岩本は別室の隅にあぐらを組んでタバコを吹かしながら、父子たちの様子を窺っている。ついさっきまでかいがいしくすべてを切り盛りしていた母は、ほっとした表情を浮かべながら、片隅で祭祀の一部始終をじっと見守っている。

父が香を焚《た》き、杯を捧《ささ》げてから二度拝礼をし、スッカラ（匙《さじ》）をお供えのご飯の上に突き刺し、汁の入った器の中にご飯を入れてから献酌《けんしやく》し、その後、礼拝、黙念し、それが終わるとみんなで供物《くもつ》を取り分けて食うのである。

食べるときは、母も岩本も一緒だった。一口酒を含んだだけで父の顔は赤ら顔になり、岩本はひたすらイシモチと串焼きの肉を頬張ってむしゃむしゃと食べることに余念がないようだった。マサオもわたしも、滅多にお目にかかれないご馳走《ちそう》に舌鼓を打ち、黙々と食べ続けた。

こうして時計が十二時を打つ頃、我が家には食べる音だけが聞こえ、静かな時が流れていった。絆《きずな》が深まっていくひとときだった。そしてみんなが、そのことに気づいていた。辺りは静まりかえり、団欒《だんらん》のひとときは終わろうとしていた。マサオもわたしもなぜか幸せな気分だった。

十四　悩みの海

馬糞《ばふん》や牛糞が点々としていた国道三号線も、自動車やオートバイがひっきりなしに往来するようになり、その光景も大きく変わった。近所の悪ガキたちが、缶蹴り遊びに興じることができた、路地の延長のような往還の面影はもうどこにもなかった。往還は、九州の大動脈へと発展し、永野商店も、ちょっとした問屋なみの大きさに成長していた。

そしてわたしの兄マサオも高校生になっていた。

「ほんなこつ、マサオはどがんしたとだろかね。小学生まではあがん真面目《まじめ》で、大人しかったのに。中学になってからどまぐれて(不良になって)、今じゃ、家にもよっつかんごとなったけんね。オモニがどがん心配しよるか。あがんラッパズボンばはいて、タバコも吸いよるど。よか友達はひとりもおらん」

母は、忙しい合間に時間があると、しきりにマサオのことをこぼした。

生来、口べたで真面目な性格のマサオは、やがて自分の家が周りから浮き上がっていることを過剰に意識しだし、誰にも相談できないまま、悶々《もんもん》とした日々を送っていたのである。生真面目さの反動なのか、それとも生来、彼の中に宿っていたエネルギーが迸《ほとばし》るようになったのか、いつの間にかマサオは、腕っ節の強い番長に豹変《ひょうへん》していた。

「テツオさんじゃなかですか。竜南《りゅうなん》中学の横井といいます。マサオさんから目ばかけてくれて頼まれたとです。妙なヤツがおったら、いつでも声ばかけてくれんですか」

いかにもグレたような中学生の番長だった。それでも、わたしは、みんなから一目置かれるようで、不愉快な気にはならなかった。でも、マサオがますます遠い存在になっていくようで、淋《さび》しかった。

「テツオ、マサオはどまぐれて仕方んなか。あがん年頃にはどがんことば話してもわからんとたい。お前の兄さんは、やさしかし、人がよかけん、すぐに人からおだてられると。ばってん、いつかバチが当たるけんね」

そのバチが当たったのか、喧嘩《けんか》でマサオは右眼に失明しかねないケガを負ってしまった。ガンをつけた、つけないのと、ヤクザまがいの男と口論になり、友達の手前ミエを張ったマサオが、相手に呼ばれて薄暗い路地に入った瞬間、物陰に隠れていたもうひとりの男にやにわに暴行を受け、強い外傷による網膜剝離《もうまくはくり》になってしまったのである。病院で手当てを受けて、我が家に運び込まれて来たときには、虫の息だった。

「アイゴー、マサオ、マサオ、どがんしたと……。どがんしてこがんことになったと⁉　オモニにどこまで心配ばかけるとね。マサオ、マサオー」

かたく抱きかかえながら、母はボコボコに殴られたマサオの顔に頬をすり寄せ、半日近くもじっと抱きしめたままだった。看病の合間、母はひたすら神棚に向かって祈り続けた。子供の不憫《ふびん》を祖先の霊に切々と訴え、加護を哀願する母の姿は何か神々《こうごう》しく見えた。

ほとんど誰と識別できないほど腫れ上がった顔も、いつの間にか和らぎ、アザも小さくなっていった。幸いにして右眼の剝離の部位も網膜全体には広がらず、大事にはいたらなかった。

「よかった、よかった、目が見えんごつならんで……。そがんなったら、オモニはどがんしようかと思っとったたい。マサオ、もう目が覚めんといかんばい。お前は、もともとはやさしか子だけん」

「ほんなこつ、俺は馬鹿だったばい。迷惑ばっかりかけて……。みんなから一目置かれて、調子に乗っとったとたい。マサオくん、マサオくんてみんなが言うけん、御山の大将のごたる気分になったとたい。ばってん、本当の友達はほとんどおらん。鶴崎だけたい。あいつだけは、俺の友達ばい。ふたりでどがんしてでも、卒業するけん。高校ぐらいは出とかんと。出たら、ふたりで福岡に行って働くけんね。俺たちゃ、ボンクラばってん、がんばるけん」

＊

マサオが高校を卒業していなくなると、わたしはひとりっ子のような境遇に置かれるようになった。そしてわたしもまた同様に、母が学校に足を踏み入れることを嫌がった。もとより母は、学校にはほとんど無関心だった。我が子が元気で学校に通っていれば、それだけで安心だったからだ。チョーセン人には大学を出ても、どこにも職はないし、なまじ大学を出れば、期待が大きいだけに失望も大きいはず、我が子をそんなかわいそうな目に遭わせるのは不憫だ。これが母の結論だった。

母が、わたしに「勉強しなさい」と小言をいうことなど、一度としてなかった。また父も、子供の学業に口を挟むことなどなかった。母にいたっては、わたしが偶《たま》さか遅くまで勉強していようものなら、むしろ不機嫌になるほどだった。

「はよ、電気ば消して寝らんと。いつまで起きとるね。遅くまで起きとると、体に悪かばい。はよ寝らんね」

これが母の口癖だった。

それでも母には息子たちに期待したことがあった。それは、どちらかが野球選手になって欲しいということだった。

「張本さんは偉かよ。あがん苦労ばして、立派な選手になってオモニに親孝行してあげとるけんね。野球ができれば、チョーセンも、ニホンもなかけんね。野球選手なら、実力勝負たい。テツオもそがんなればよかばってん……」

母は、わたしへの期待を隠そうとはしなかった。実際、母が学校に顔を出したのは、野球の試合があるときだけだった。ただし、さすがに中学になってからは、応援に駆けつけることはなかったが、小学生の時など、滑り台の陰に隠れて試合の様子をじっと見つめている母を発見し、わたしは気が引けてしまった。母がひょっとして声援を送り衆目を集めないか、気が気でなかったのだ。

ただ、それでいて、わたしの中に母の期待に応えたいという気持ちが膨らんでいった。もっとも、そう思えば思うほど、金縛りにあったように動作がぎこちなくなり、ほとんど冴《さ》えない結果に終わってしまった。ショートストップを守り、打順は三番という花形選手的なポジションにもかかわらず、三振やエラーが続き、チームの足を引っ張ることもまれではなかった。

「テツオ、今日はどがんだったたね。試合はどっちが勝ったと?」

卓袱台《ちゃぶだい》で小麦粉をこねる作業に余念がないような素振りで、それとなく平静を装っていたが、母の声は心なしか沈んでいた。

「…………」

「どがんしたと？　黙ったままで……。勝ち負けは、時の運だけんね。くよくよせんで、がんばるしかなかたい」

わたしは内心、反発しながらも、母の期待に応えられない自分を責めた。自分の不甲《ふ》斐《が》《い》なさに無性に腹が立って仕方がなかったのだ。

母は、わたしが野球に夢中になっていると思い込み、その夢がかなえられることが、息子の喜びに違いないと信じて疑わなかった。それでも野球の腕前はいっこうに上がらず、母も半ば諦めたのか、試合から次第に足が遠のいていった。というより、家業が忙しくなり、子供に時間を割《さ》くことすらかなわなくなったのだ。

手狭になった倉庫から溢《あふ》れた廃品の山が、一部、道路の端を占拠するようになり、苦情が絶えなかった。また廃棄物の焼却で濛々《もうもう》と煙が立ちこめたり、異臭が漂ったりで、近所の顰蹙《ひんしゆく》を買うことになった。もうこれ以上、狭い場所で商いはやっていけなかった。地主の勧めもあり、三号線を五百メートルほど南に行った場所に今度は百坪ほどの土地を新たに手に入れることになった。倉庫と養豚場が建てられ、商いの規模も大きくなっていった。従業員も運転手をふたり、補助員をひとり雇い、軽三輪自動車も三台に増えた。そうした事業の拡大に伴い、借金は急速に膨らんでいった。土地を担保に入れ、いろいろなところから工面をし、やっとのことでこぎ着けたのだ。銀行がカネを貸してくれるアテはなかった。また国籍が障害になり、低金利の融資を市や県の公的機関に申請することもままならなかった。

危ない橋を承知で融資を仰がなければならず、父と母は、おカネの算段で日夜奔走し、くたくたに消耗していた。それでも、やっと大きな倉庫が出来上がり、豚小屋も完成すると、目の前がパァーッと明るくなっていくようだった。

ただ、父や母、岩本たちは、日曜、祝祭日も返上して、朝早くから夜遅くまで、せわしく働き続け、自転車操業のような際どい日々が続いた。

「ねぇ、あんた、おかしかねぇ。ここん背中のあたりが痛くて、それに胸が苦しくなるときがあるとたい。昔の肋膜炎《ろくまくえん》とはちょっと違うごたるし、どうも変ばい」

夕食といっても、もう夜中に近い時間の食事を済ませ、後片付けが終わってホッとひと息ついた頃、母は背中の鈍痛と息苦しさに悩まされる日が続くようになった。

「どがんしたと？　ここ一年くらい、ほんなこつ忙しかったけんね。疲れが出とっとじゃなかか。苦しかならば、明日俺が仕事ば休んで、病院に連れて行くぞ。藤崎宮の側によか病院があるてたい。丸山病院ていうたかね。浄行寺《じようぎようじ》の酒屋のオヤジがよか医者ていいよったけん、あそこに行ってみるたい」

「あんた、仕事は休めんばい。明日は、恵楓園《けいふうえん》から廃品が出る日ばい。それに帯山《おびやま》小学校のPTAからも来てくれて頼まれとるけんね」

そうこうして一週間が経《た》ち、母はあいかわらず痛みに耐えながら、家業に専念していた。しかし、突然、堪《こら》えられないような激痛がみぞおち辺りに走り、脂汗が出て、横になってじっとしていることもできなくなった。あまりの痛さに転げ回るしかなかった。

「どうした、どうした、大丈夫か。どこが痛かとか」

父の大きな声で岩本もわたしも飛び起きたが、七転八倒する母の様子を不安げに見守るしかなかった。時計の針はもう夜の十一時を指していた。

「日曜日でこの時間だけん、病院が開いとるかねぇ。とにかく藤崎宮の病院に運ぶけん、後は頼むぞ」

「アボジ、俺もついて行きたか。一緒に連れて行ってはいよ。一緒に……」

「あ、あんた、テツオがあがん言いよるけん……」

「よし、わかった。ばってん、静かにしとらんと」

心当たりの病院へと急ぐ間、母は虫の息だった。脂汗が額にどっと噴き出し、母はずっと顔をしかめたままだった。

院長は日曜日の夜のひとときを邪魔され、迷惑そうだったが、患者のただならぬ様子を聞き、あわただしく診察室に顔を見せた。

診察の結果、痛みは疝痛《せんつう》発作といって胆石《たんせき》によるもので、これに胆嚢炎《たんのうえん》が重なっていた。結石が大きいためか、炎症もひどく、胆嚢の周りの臓器への癒着《ゆちゃく》がはじまっているようだった。手術が必要であり、かなり大がかりなものになる恐れがあった。

「先生、大丈夫ですかね。手術は大丈夫ですかね」

「うーん、まあ大丈夫でしょうが、万が一ということもありますけんね。相当ひどかけん、手術は簡単じゃなかですよ。奥さんにはわたしからよーく説明しておきますけん。とにかく、明日一番に手術ばせんと。遅れると大変なことになりますけんね。とにかく早いほうがよかですけん」

あっさりとした物言いだったが、決して冷淡な感じはしなかった。むしろ人情味のある感じの医者だった。腕前は近所でも評判だというし、父にしてみれば、この医者にすべてを任せるしかなかった。

数時間に及ぶ手術がやっと終わり、病室に運ばれてきた母は痛々しい姿に変わっていた。人工呼吸器のマスクが顔を覆い、手には点滴針が打たれ、ただひたすら昏々《こんこん》と眠り続けていた。

父に付いて見舞ったわたしは、おそるおそる母を覗《のぞ》き込んだ。いままで見たこともないような哀れな母が横たわっていた。それでも、ただひたすら静かに眠り続ける母の顔は、すべての憂いが消えたような、幼子のようだった。あんなに強く、逞《たくま》しく、よく笑い、よく泣く母の姿はどこにもなかった。か弱く、哀れな、それでいて乙女のように初々《ういうい》しい母がそこにいた。わたしの中で母のこれまでの印象が大きく崩れ、もうひとつの母の顔が見えてくるようだった。

ベッドの横で無言で父はじっと母の顔を穴の空くほど見つめていた。父の右手には握りつぶされた手紙らしきものが見えた。それは、自分の母親の死を告げる知らせだった。

十五　再びの故郷の海

三ヶ月におよぶ入院で、母の生活のリズムは完全に狂ってしまった。しかも、想像以上の体力の消耗で、自分の体なのに、まるで抜け殻のような感じだった。だが、そうしたフワフワした感覚を地上に引き戻すかのように、時おり激しい痛みが体の芯《しん》を襲った。そんなときはうめき声を上げながら、潮が引くように痛みが遠のいていくのを待つしかなかった。

その間、普通の大人ならば、きっと文字の世界を無聊《ぶりょう》を慰める糧にするに違いない。しかし、母にはそんな贅沢《ぜいたく》など許されなかった。文字の読めない母には、文字の世界への扉は閉じられていたのである。

母はひたすら記憶を自分の中に貯《た》め込み、何度も何度もそれを反芻《はんすう》し、肌触りを確かめるように自分だけの世界の中にそっと仕舞っておこうとした。横臥《おうが》したまま、四六時中、母は記憶の糸をたどり、水に浮かべればにじんで消えていくような思い出を呼び起こそうとしたのである。正月の、ひときわ淋《さび》しい病室の窓辺から入る柔らかい日射しにくるまれていると、記憶の糸は故郷の春へと繋《つな》がっていった。

「あんた、鎮海《チネ》ば訪ねてみたかね。あの海ばもういっぺん、見てみたか。オモニたちと潮干狩りばした、あそこの砂浜じゃ、有明の長洲《ながす》よりたくさんアサリが採れるとだけん。今が一番よか季節だけんね。みんなどがんしとっとだろか。会いたかねぇ……」

「心配せんでよか。元気になれば会いに行けるけん。はよ元気にならんと」

「ばってん、コヒャン（故郷）には簡単に還《かえ》れんとじゃなかと」

「そがんじゃなかごつなったとた。今度、ウリナラ（我が国）と日本の間で行き来ができるごつなったとた。そがんだけん、お前が元気になれば、コヒャンに行って帰って来らるっとばい」

「ほんなこつね、ほんなこつ、コヒャンに還って来らるっとね」

父の言葉は母にはにわかに信じられなかった。自分を慰めるための作り事のように思えたのである。

ところが、日韓両国内の囂々《ごうごう》たる反対の中、正式調印された日韓基本条約が批准され、父や母に「里帰り」の道が開かれることになったのだ。国交が途絶えていた間、両国に分かれて暮らす家族の絆《きずな》は引き裂かれ、生死の確認すらままならなかった。その別離の悲しみもやっと終わろうとしていた。ただし、そこには踏み絵が課されていた。国籍を「朝鮮」から「韓国」に変えなければならないのだ。

三十八度線の北側にある国のことはもちろん、その南側の国情すらわからず、頼りにしていた叔父テソンからの音信もないまま、父と母は浜辺にうち捨てられた心境だった。そんなふたりにとって、日韓条約も国籍名の変更も、何か遠い世界の出来事のように思われて仕方がなかった。

しかし、父と母を、遠のきつつあった祖国に連れ戻したのは、何と行方知れずのテソンから突然舞い込んだ手紙だった。手紙は最初、春日の旧《ふる》い住所あてに届けられ、そしてやっと新しい住所に辿《たど》り着いたのだった。

日本國熊本縣熊本市春日五丁目五番

姜大禹

禹順南　貴下

兄さん、義姉《ねえ》さん、お元気ですか。きっと驚いていらっしゃるでしょうね。二十年もの間、音信不通だったのですから。

あれからウリナラ（我が国）に帰り、本当にいろいろなことがありました。言葉では尽くせないほど、転変の連続でした。その顚末《てんまつ》は手紙では語り尽くせないので、直にお会いした時に話したいと思います。

現在《いま》は、結婚して子供にも恵まれ、ソウル市内に弁護士事務所を構えて、それなりに幸せな日々を送っています。

いつも思うことは、妻と幸子のことです。どうして妻子ある身なのに、別の女性と結婚したのか、みんなから咎《とが》められても仕方がありません。いろいろな経緯でそうなったのです。それもお会いしたときに追々、お話ししたいと思います。

ただ、妻と幸子には合わせる顔がありません。それでも、ふたりがどうしているのか、ずっと気がかりでした。

幸子はもう成人に達していると思いますが、どんな大人になっているのか、会いたい思いで一杯です。勝手な料簡《りょうけん》だとは重々承知の上ですが、幸子のことを忘れたことは片時もありませんでした。

こちらでは世間で少しは知られる弁護士になり、家庭を持つこともできました。でも、日本でのことは、誰にも打ち明けられず、ずっと心の奥に仕舞ってきました。人知れず、幸子のことを思い出すと、不憫《ふびん》で不憫で……。罪滅ぼしというわけではないのですが、せめて幸子のために何かできることをやってあげたいと思います。

できることなら、すぐにでも日本に行きたいのですが、いろいろな事情があって、まだ時間がかかりそうです。

それから、兄さん、悲しい知らせを伝えなければなりません。オモニが亡くなりました。一昨年の秋です。もっと早く伝えられればよかったのですが、日本との関係が芳《かんば》しくなくて、手間取ってしまいました。申し訳ありません。

きっと驚き、悲しんでいるでしょうね。本当にお兄さんは、オモニ思いでしたから。この数年、わたしも仕事にかまけて、なかなか馬山《マサン》の方に出かける機会もなく、ご無沙汰していました。兄さんは日本に居るのですから、代わってわたしがオモニの面倒を見てあげなければならなかったのに、親不孝をして、本当に申し訳ありません。

晩年はイモ（叔母）の家に世話になって、本人も話し相手がいてうれしそうだったのですが……。わたしも、オモニには何不自由ない老後を送ってもらおうと思い、いろいろと付け届けをしたり、金銭を送ったりしていたのですが、風邪をこじらせ、それがもとで肺炎で亡くなりました。

イモの話では、苦しむ様子はなかったようで、寝入るように目を閉じたそうです。それが唯一の救いですが、親の死に目にあえなかった兄さんの気持ちを思うと、何と言っていいのかわかりません。どうかくれぐれも気を落とさないでください。

葬式などはわたしが喪主を務め、つつがなく執り行いました。一部始終は写真に収めてありますから、そのうちそちらにアルバムを送るようにします。

長い間の不義理をどうぞ許してください。

一九六五年十二月三日

大韓民國ソウル特別市 鍾路區《チョンノグ》三ノ二ノ五　姜大成

退院後、母の恢復《かいふく》を待って、父はテソンからの便りを読んで聞かせた。読みながら、父はわなわなと体を震わせ、押し殺すように泣き崩れた。

「うーっ、うーっ、うーっ……」

大粒の涙が溢《あふ》れ出るのに、泣き声は呻《うめ》き声のようにくぐもり、悲しみが深く父の体内に食い込んでいくようだった。そんな父の姿を見るのははじめてだった。所帯を持って以来、何事にも動じることのない父は、いつも淡々として無愛想に見えることがあった。しかし、いま、父は悲しみを悲しみとして表現できない悲哀の中で、身悶《みもだ》えしているように見えた。

「アイゴー、アイゴー、かわいそうな夫《ひと》。かわいそう、かわいそう。親の死に目にもあえないなんて……」

父の背中がひときわ小さく見えた。母は、その背中を抱きしめ、悲しみを分かち合おうとした。

＊

病気や不幸が続いたにもかかわらず、家業の廃品回収業は、オリンピック景気の波に乗ってどんどん拡大していった。先に買った百坪の土地と地続きでさらに七百坪ほどの田畑を買い増しし、そこに大きな倉庫と自宅を新築することになったのである。

段ボールや紙くず一トンほどをひとつの塊に圧縮する機械や、汚れた一升瓶やビール瓶を洗浄する機器などを導入し、家業は一段と機械化が進むようになった。それに合わせて軽三輪自動車も五台に増やし、運転手や助手、作業員も雇い入れることになった。そして永野商店は、有限会社に衣替えすることになったのである。

商店の規模が大きくなるとともに、取引先も多様化、拡大し、父は得意先回りで多忙を極めるようになった。口べたで、笑いのひとつも取ることのできない父であったが、その真面目《まじめ》さと実直さが好感を持たれたのか、新規の開拓は思いの外、順調だった。もっとも、いつも薄汚れた麦わら帽に、くすんだ作業服、足には安っぽい運動靴を履き、永野商店の前掛けをトレードマークにした父の格好は、いかにも屑屋《くずや》のイメージだった。それにチョーセンであることが誰からともなく伝わっていたせいか、時には門前払いのような扱いを受けることもあった。しかしそれでも父はくじけず何度も足を運び、新規の取引先を開拓することに余念がなかった。

「テツオ、アボジは故郷の村では相撲《すもう》が強かったとぞ。体は小さかばってん、負けても負けても向かっていくけん、相手もへこたれてしまうとたい。やっぱし、アボジは丑年《うしどし》だけんね。牛のごつ、のっしのっし何遍も当たっていくとたい」

父にしては珍しく自慢めいた話をすることがあったが、そこには父なりの意地というものが垣間見《かいまみ》えるようだった。

　こうして家業は上向き、みるみる近所でも有数の中小企業といった規模にまで大きくなっていった。

「ほんなこつ、永野はえらか。よぉー、こがん大きか店になって……。永野は幸せたい」

　しゃがみ込んで、ピースの烟《けむり》をふーっと吐き出し、岩本は立派になった門構えの商店をしげしげと見つめながら、感慨深そうだった。春日を出てから十数年、ただがむしゃらに自分の体を痛めつけるように働いてきた岩本にとって、目の前にひろがる光景は、その大きな成果だった。しかし、主人《あるじ》は自分ではないのだ。店の規模が大きくなり、人手が増え、機械化が進むようになって、自分の居場所がなくなりつつあることを悟った岩本にとって、成果を誇りたい気持ちとともに、自分が消えていくべき「老兵」のように感じられて仕方がなかった。その一抹の淋《さび》しさとともに、岩本の里心は募るばかりだった。

「キョウコたちはどがんしとるとか……（会いたい、会いたい、キョウコに会いたい）」

突き上げるような郷愁の思いにもかかわらず、岩本にはおいそれと故国に還れない事情があった。事実上、密航者のように日本に帰ってきた岩本には、故郷に還り、再び日本に帰って来られる確かなアテはなかったからである。

岩本の胸の内を察した父は、自分が里帰りし、ついでに京子さんたちの安否を確かめてみるつもりであったが、家業のことを考えると、それもままならなかった。

「なぁ、お前もすっかりよくなって、前よりも元気になったようだし、岩本のことも心配だけん、お前がウリナラ（我が国）に還ってみることにするか。民団じゃ、いつでもよかですよ、と言いよったぞ。それに弟から手紙が来て、来年大阪万博の時に日本に来るてたい。夏に来るてばい。確か、来年の六月から関釜フェリーで下関から釜山まで行けるようになるて聞いたけん、お前が鎮海と馬山に行って、弟と一緒に日本に帰って来ればよかど。どがんだろかね」

「うーん、よかよ。金岡さんも、姉さんが還りなさるなら、わたしも一緒にて言いよんなはったけん。コヒャン（故郷）も近かし、相談してみるけん。ばってん、ほんなこつ、ウリナラ（我が国）に還れるとだろか。何か夢んごたる」

母は三十年ぶりに故郷の土を踏むことになったのである。

十六　思い出は遠く

目を閉じると微《かす》かに潮の香りが漂ってきた。海の匂いが、鼻腔《びこう》の粘膜を刺激し、それが思い出のさざ波を作り出していくようだった。

「あんときもこがん匂いがしとった……。あれから三十年近くも過ぎてしもた。昨日のごつごたるし、遠かことのごつごたるし、ようわからんね。何ばしてきたとだろか、わたしは……」

独《ひと》り言《ご》つ母をしきりに呼ぶ声がする。

「スンナマー（順南《スンナム》やー）、スンナマー、ここだよ、ここにいるよ、オモニは。早くおいで、早く」

亡くなったはずのわたしの祖母が、母を呼んでいるのだ。

「オモニ、オモニ、どこにいるんですか」

「ここだよ、ここ。お前がいつも遊んだところじゃないか。忘れたのかい」

祖母は行巌湾《ヘンアムマン》桟橋近くの遠浅の海岸で赤ん坊と一緒に水遊びに興じている。赤ん坊を抱え、右に左に大きく揺さぶる度に赤ん坊もキャーキャーと笑い声を上げ、ふたりの周辺だけが夏の陽光を受けてキラキラと輝いている。

「オモニー、オモニー、一緒にいるのはハルオじゃないですか。そうでしょう、そうでしょう」

祖母は何も答えず、ただ微笑を返すだけだった。赤ん坊はいつの間にかパチャパチャと波間に浮かんで泳いでいる。ふたりの姿がハッキリと見えるのに、母の声はいっこうに届きそうになかった。まるで目に見えない薄い被膜のようなもので隔てられているようだった。

「オモニー、ハルオー、待って、そこに行くから……」

周りのかしましい笑い声で、母の夢は途切れてしまった。広い船室の中央を独占するように十人ほどのアジュモニ（おばさん）たちが、一晩、車座になって酒盛りし、故郷の歌を競いながら、喝采の声を上げていた。その周りは、電化製品や衣類、食料や日用雑貨などのソンムル（土産物《みやげもの》）で立錐《りっすい》の余地もないほどだった。

終戦後、家計を支えるために行商に励んでいた頃のことを母はふと思い出した。夢の続きがお預けになって、幾分、恨めしい気がしたが、アジュモニたちの屈託のない笑い声を聞いていると、自然と頬がゆるんだ。

みんな数十年ぶりに「里帰り」するのだ。その喜びは喩《たと》えようがない。はしゃぎたくなるのが人情というものだ。金岡さんがいれば、きっとにぎやかだったに違いない。でも、人には言えない事情で、金岡さんは「里帰り」を諦めざるをえなかった。母ひとりで心細くないわけではなかったが、三十年前もたったひとりで海を越えたことを思えば、さほどのことではなかった。それにあのときは、わずか十六歳の娘だったのだ。

下関を出て一夜が明け、甲板に出ると、朝靄《あさもや》の中に灰色がかった陸地が望めた。梅雨《つゆ》の雲の切れ間から朝陽《あさひ》が差し、風が母の頬を撫《な》でた。湿気を含んだ重たいような風だったが、潮の香りがして心地よかった。いよいよ釜山に着くのだ。胸が高鳴るとともに、異国の地に向かうような、どこか心許《こころもと》ない気がしないわけでもなかった。

釜山の港は、あの頃よりも雑然としていた。廃屋のような小さな建物が斜面を這《は》うように密集し、その中にぽつぽつとやや上背《うわぜい》のあるビルらしい建物が点在していた。

船着き場に近づくと、いたるところに槌音《つちおと》が響き、あちこちからけたたましい叫び声が飛び込んできた。朝市が開かれているのか、大人も子供も、老いも若きも、男も女も、押し合い圧《へ》し合い、剝《む》き出しの本能に駆られて「獲物」に群がっているようだった。

薄汚れて錆《さ》び付いた小さな漁船が、桟橋のそこかしこを占拠し、むっと鼻を突くような悪臭と魚の臭いが辺りに漂い、淡い郷愁の気持ちはみるみる萎えていった。三十年もの間日本にいるうちに、母は「異邦人」になっていたのだ。その母の目の前に広がる故郷の光景は、どこかよそよそしかった。変わったのは、故郷なのか。それとも、自分の方なのか。

実家には手紙で連絡をしたものの、何の返事もなく、迎えは誰もいなかった。わびしい「里帰り」ではあったが、気を取り直し、たくさんのソンムルを背負って京釜線《キョンブ》の釜山駅に向かった。

鎮海《チネ》に行くには、釜山から三浪津に出て馬山《マサン》線に乗り換え、父の故郷である昌原《チャンウオン》でまた鎮海線に乗り換えなければならなかった。三時間ほどの小さな汽車の旅だ。

車窓から見える光景は、昔とほとんど変わってはいなかったが、所々、虫食い状態で茶褐色の地肌を晒《さら》した更地が見えた。空は一雨きそうな雲行きで、すべてが灰色に染まっているようだった。沿線のそこかしこで、曇天にくすんでしまいそうなほど小さな子供たちが、大声を張り上げながら、走っていく汽車に手を振っている。

昌原駅で汽車に乗った頃から、どうしたことか、涙が後から後からあふれてきた。どうしようもなく、うれしく、そして悲しいのだ。

「オモニ、オモニ……。帰ってきましたよ」

泣きじゃくった顔を直す間もなく、もう汽車は鎮海駅に滑り込もうとしていた。

薄く青みがかった壁の色は新しく塗り直されてはいたが、「ちっとも変わらないでしょ、わたしは」と言いたげに小さな木造の駅舎が母を迎え入れているようだった。

重い荷物に閉口しながら、やっと駅前に出ようとしたとき、呼び止める声がした。

「ヌナ（姉さん）、ヌナ、わたしですよ、相哲《サンチョル》ですよ、弟のサンチョルですよ」

驚いて振り向くと、そこには赤銅《しゃくどう》色に日焼けした顔に白い歯が印象的な中年の男が、さも親しげに笑みをたたえていた。くすんだ茶色の縞《しま》模様のポロシャツにベージュ色の作業服が、顔つきとは対照的に地味な印象を与えた。

「サンチョラ？　サンチョラか。ああ、サンチョラだ。サンチョラー……」

駆け寄って男に抱きつくと、母はそれまでの鬱積した気分を一挙に吐き出すように、泣き崩れた。

「アイゴー、アイゴー、サンチョラー、サンチョラー」

サンチョルも感極まったように泣き出した。

こんなとき、母は全身で感激を表現し、我を忘れて泣き叫ばなければ、おさまりがつかなかった。

どれほどの時間が経《た》っただろう。全身の垢《あか》を洗い流してしまったように、高ぶりはおさまり、しっとりとした気分が母を落ち着かせた。

「本当に、お前とこうして会えるなんて、夢のようだね。あれから三十年だよ。長かった……」

よくよく見ると、サンチョルの頭は少し禿《は》げかかり、どこか淋《さび》しそうだった。

「ええ、でも姉さんも元気そうで、何よりです」

気がつくと、側《そば》には、いかにも働き者といった風情の女性が立っていた。ひっつめ髪にやや浅黒い顔は化粧のない素のままだった。

「ああ、そうだ、姉さん、妻のヨンシルを紹介しないと……」

「ヨンシルです、妻の朴英実《パクヨンシル》です。本当によくおいでになりました。いつも義姉さんのことは話に聞いていました。ふつつか者ですが、よろしくお願いします」

人見知りする性格なのか、口数が少なく、挨拶も人馴《ひとな》れしているようには見えなかった。しかし、それが純朴な印象と、芯の強い、しっかり者の感じを与えた。

「こっちこそよろしくね」

「サンチョラ、お前、よか嫁さんをもらって、幸せだね」

妻のヨンシルはちょっと恥ずかしそうに伏し目がちになったが、うれしそうだった。サンチョルもまんざらでもなさそうだった。

＊

慶和洞《キョンファドン》の実家までは、タクシーでわずか十分もかからなかった。家屋は、かつての面影などどこにもなかった。間口が優に三間もあった店舗の部分はすべてなくなり、わずかな奥行きの平屋建てに変わっていた。すすがこびり付いたような灰色の土塀にはどこか住み慣れた匂いが染みついているようだった。耳をそばだてると、小さな店や民家が切れ目なく細長いアメのように軒を連ねた路地裏から懐かしい物音や人の声が聞こえてくる気がした。

その日の夜は、遅くまで話が尽きなかった。母も、サンチョルも、何かに取り憑《つ》かれたように、激しく捲《まく》し立てるようにしゃべり続けた。妻のヨンシルは、時々、欠伸《あくび》を堪《こら》えながらも、じっと横でふたりの話を聞いていた。

真夜中を過ぎた頃、母はさすがに疲れが出たのか、緊張がほぐれ、ぐったりと横になりかけた。

「姉さん、疲れたでしょう。もうそろそろ寝ますか。明日は墓参りを済ませたら、親戚のみんなと会うことになりますよ。みんなにはもう連絡をしておきました」

「うん、そうたい、忘れとった」

むっくと起き上がると、母は運んできた箱を指さした。

「ヨンシルさん、ちょっとその中に電気釜があるけん、出してくれんね。うん、うん、その段ボール箱に入っとったい。それば開けてごらん」

電気釜の中には新聞紙でくるんだ真新しい聖徳太子の札束が仕舞ってあった。手に唾を吐きつけ、一枚一枚数え上げると、五十枚の一束をサンチョルに差し出した。

「これは少なかばってん、取っときなっせ。お前もいい年になったばってん、生活は楽じゃなかごたるし、お前が我が家のただひとりの息子だし、墓ば守っていかにゃならんけんね」

「姉さん……、すまないです。こんなことまで気を遣わせて……」

「よかたい。カネがなかと困っとだけん。うちらもカネには苦労したばってん、カネは使わんと、儲《もう》からんとだけん。どうせオモニが生きとったら、オモニにあげるつもりだったとだけん」

妻のヨンシルも、小学生になったばかりのふたりの子供たちの寝顔を見つめながら、涙ぐんでいる。

翌日は、打って変わったように快晴の日和《ひより》になった。

「やっぱ、わたしが出かけると、こがんよか天気になるとだけんね」

母の気分も晴れやかだった。

＊

禹《ウ》家の墓は、遠く行巌湾を見下ろす山あいの道を少し離れた草むらの中にあった。サンチョルが小まめに草むしりや掃除をしているらしく、こざっぱりとしていた。こんもりとした「土饅頭《どまんじゅう》」が、母の郷愁を誘った。

祖母の眠る墓は、そこから馬山方面に二、三キロほど隔たった小高い丘の小さな茂みの中にあった。墓の前で、時を忘れて泣きじゃくった母は、小さな声で「故郷の春」（コヒャンエポム）の歌を歌いながら、遠く海の方に目をやった。

早く行巌湾の桟橋に行ってみたい。そう思うと居ても立ってもいられなくなった。

行巌湾の海岸にはいくつかの見慣れない工場が建ち、魚市場も一回り大きくなっていた。露店が並ぶ道には、オートバイや自転車が所狭しとわが物顔に放置され、いたるところから大きなかけ声が聞こえてきた。それでも、あの匂いはそのままだった。懐かしい記憶を刺激する、鼻を突くような匂いが心地よかった。

桟橋に駆け寄ると、フェリーで見た夢の続きを追いかけるように、母は行巌湾の遠浅の海岸に目を凝らした。祖母と春男が見えるような気がしたが、どこにも人影はなかった。ただ、陽光を返す水面がキラキラと輝いているだけだった。

どこか憂いを含んだ母の横顔を覗《のぞ》き込むように、弟のサンチョルが口を開いた。

「姉さん、帝皇山《チェファンサン》に登ってみましょうか。あの兜山《かぶとやま》ですよ。対馬も見えますよ」

軍港が一望できた兜山に母は一度も登ったことがなかった。その頂上にはかつて、連合艦隊の旗艦三笠《みかさ》のマストを模した日本海海戦勝利の記念塔が建てられていた。

暑い日射しを受けて山の頂に辿《たど》り着くと、潮の香りを運ぶそよ風が、頬を柔らかく撫でた。汗が引き、火照《ほて》った体が小気味よくしずまっていくようだった。巨済島《コジェド》と周りの島々が見え、その遥《はる》か向こうに対馬の島影がハッキリと浮き上がっていた。思い切り深呼吸をすると、吐き出されたものがすべて海に帰っていくような気がした。そんな気持ちになったのは、生まれてはじめてだった。

十七　再　会

再び、母は鎮海《チネ》の停車場に佇《たたず》んでいた。十六歳の春、まだあどけなさの残る「生娘《きむすめ》」

が拾い集めた故郷の海の貝殻は、今も母のバッグにそっと仕舞われ、その一つ一つを指で握りながら、母は失われた記憶の数々を甦《よみがえ》らせようとした。

しかし、あの時にもどることはできなかった。故郷の駅舎も、背後の道仏山《トブルサン》の緑も、海の色も、何も変わってはいないように見えるのに、すべてが遠くに退いていくような気がした。そして母の頬を撫《な》でる潮風も、あの時と少しも変わらないのに、どこかよそよそしく、ぶっきらぼうな感じがしてならなかった。

「何だろか、何でこがん気持ちになっとっとだろか。あがん還《かえ》りたかと思たのに……。違う、違う、何かが違うばい」

そうした感覚に、何かわけもわからず、不機嫌になっていく自分がいた。そして不機嫌になる自分がまたたまらなく嫌だった。一時も早く、帰りたかった、熊本の家に。

それでも、岩本がずっと気にしている京子さんたちの安否が気がかりだった。サンチヨルに頼んで、あれこれと調べてもらった限りでは、京子さんは故郷に還って数年後、結核を患い、帰らぬ人となったらしい。ひとり娘は親戚の家に引き取られて、やがて農協に勤めるようになって、結婚し子供がふたりいるということだった。詳しい消息がわかったら、熊本の方に知らせるよう、弟に念を押したものの、不安げな岩本の顔が浮かんで、母の心は重かった。

ただ、こうした仕事になると、サンチョルは誰よりも信頼できた。彼に大枚を渡したのも、ひとつにはそのためだった。

停車場には、禹《ウ》家の親戚やそのまた親戚、その友人や知り合いなど、総勢二十人以上の老若男女が見送りに来ていた。なつかしい顔もちらほら見えたが、そのほとんどは母には見覚えがなかった。かしましい声があたりに響き、母の周辺はちょっとした人だかりができた。

わずかな編成の列車は何の合図もなく、重い足取りで少しずつ動き出した。車窓から身を乗り出し、見送りの人々に手を振りながらも、母の心はどこか晴れなかった。

こんな日には必ず晴れ渡った天気になるはずなのに、神通力が通じないのか、それとも母の心をそのまま映し出しているのか、鉛色の雲が立ち籠め、灰色の海の色とひとつに溶け合っているようだった。いつか見た冬の有明の海の景色が頭をよぎった。

向かいに座る弟は、母の塞ぎ込んだ様子を気にしながらも、努めて明るい話題をいつ果てるとも知れず、あれこれと話し続けた。時には、くすっと笑いを誘うこともあったが、話の内容はどうでもいいような世間話だった。

「姉さん、釜山に着けば、義兄《にい》さんの弟が迎えに来てるはずです。もう二十年以上も会っていないんでしょ。何でも噂《うわさ》じゃ、大変な弁護士さんで、ソウルでも名が知れているそうですよ。まだ会ったことはないんですが……」

「そがんらしかね。ばってん、あん人もいろいろとあるけん。人には言えんこともあったとたい……。でも、サンチョラ、姉さんはお前のことが心配たい。見とったら、お前、職に就いとらんごたるし、嫁さんば働かせて、これからどがんすっとね。あのお金は、お前たちには大金ばってん、墓のことがあるけん、あがしこあげたと。ばってん、カネは足の生えたごつ、すぐにのうなってしまうばい」

「姉さん、俺もいろいろ考えることはあるけど、なかなかいい働き口が見つからないんです。決してサボっているわけじゃないんですが……」

「お前は、小さか時から、ガキ大将で、面倒見がよかったけん、人から慕われとったとかもしれんばってん、あんま苦労ばしとらんけんね。日本は景気がよかて言うばってん、ハングッサラム（韓国人）が商売するのに、どがしこ苦労したことか。汚れ仕事ばっかりやってきたけんね。うちらは、他人の国でメシば食って、人に言えんくやしい思いもしてきたと。そればわからんで、スンナムは金回りがよかて噂しとるばってん、一円、一厘《りん》、儲《もう》くっとに、どがしこ苦労したか」

思いの丈をぶつけるように、母は訪問中、誰にも言えなかった憤懣《ふんまん》をぶちまけた。そこには、故郷を離れ、根無し草になった自分たちの遣《や》り場のない悲哀のようなものが滲《にじ》んでいた。恋い焦がれた故郷の誰にもわかってもらえない苛立《いらだ》ちが、母の中にずっと澱《よど》んでいたのだ。

「姉さん、すまないね。すまない……。俺たちの暮らしもままならず、日本から来た姉さんを頼りにして。でも、姉さん、俺も何とか子供たちのためにがんばるから。できれば、姉さんのところで半年でも働いて、少しでも稼げればいいけれど……」

母は、ただ黙って頷《うなず》くだけだった。

そうしているうちに、列車は重い図体をやっと休めるように釜山駅構内に入ろうとしていた。

せっかちな母が、身支度をするため立ち上がった瞬間、列車は突然前のめりに停止し、そしてガックンと後退した。その衝撃で網棚の土産物《みやげもの》が床に転げ落ち、あわてて母はそれを拾い上げようとした。散乱したイリコやわかめ、干鱈《ほしだら》などの海産物を、母はサンチヨルと一つ一つ丁寧に拾い上げてお土産袋の中にもどそうとした。

そのとき、トントンと窓を叩《たた》く音がした。母が車窓に目をやると、窓越しに人懐っこい笑顔の中年の紳士がしきりに何か話しかけているようだった。白っぽいスーツに濃紺のネクタイが映え、垢抜《あかぬ》けた都会的なセンスの身なりが印象的だった。

忘れもしない、夫と同じようにエラの張った顔にすっと通った鼻筋と輝くような大きな瞳……。義弟《おとうと》のテソンだった。

あわてて窓を開け、手を差し出した。両手を握りしめると、母は感極まったように泣き出した。テソンも、笑みを浮かべながらも、肩を震わせてしゃくり上げている。

傍らのサンチョルに促されて車外に出ると、そこにはひと回り大きくなった印象のテソンが立っていた。憲兵だった頃は、やや落ち窪《くぼ》んだ感のあった頬にもしっかりと肉が付き、ふっくらとした感じを与えた。そしてオールバックの黒々とした艶のある髪や太い眉の下に輝く瞳が、あのときと同じように、辺りを睨《にら》みつけているようだった。大柄で長身の堂々とした体軀《たいく》を包む背広が母の目にはまぶしく見えた。

「義姉《ねえ》さん、元気で何よりです。本当に長かったですね……」

「あんたも、ほんなこつ、立派になって……」

ふたりの会話はもうそれ以上、進みそうにもなかった。ふたりとも言葉が詰まって容易に口から出てこなかった。しばらくの沈黙の後、人ごみに押されるように三人は駅前の広場に出た。

広場は至る所ぬかるみ、水溜《みずた》まりができて、歩くたびに泥水が跳ね上がった。駅前は、熊本駅よりも貧弱に思えてならなかった。

それでも人ごみは絶えず、破れ傘のような粗末な露店が軒を連ねていた。その一角のわずかな空き地に停《と》まっている大きな黒い車に向かってしきりにテソンが声を張り上げている。運転手はその声に気づいたのか、慌ててこちら側に車を回して来た。熊本でもなかなかお目にかからないようなドイツ製の高級車だった。聞きしに勝るテソンの羽振りのよさに、母もあらためて驚いた。

釜山市内有数のホテルで食事をしながら、ふたりはあれこれと積もり積もった話に夢中になった。もっとも、サンチョルがいるからか、テソンの話が日本のことに及ぶことはなかった。母もそれを察し、日本のことには触れようとはしなかった。

ソウルでも五本の指に入るほどの有名な弁護士であること。弁護士業の傍ら、故郷の昌原に大きな温室栽培の農園を造成しつつあること。四人の子宝に恵まれ、長男はソウル市内の有名私大を出て大企業に勤め、二男はソウル大学に入学して教師を目指し、三男はソウルでも難関の名門校に合格したばかりであること。そして長女は、画家を目指して芸術大学の大学院で学んでいること。

こうした近況をテソンは、いろいろなエピソードを交えながら、母に聞かせた。澱みのない、張りのある大きな声は、日のあたる「成功者」としてのテソンの勢いを表しているようだった。肉体を酷使することのほかに何の資産もない自分の夫との違いを思いつつ、母はただテソンの話に相づちを打つだけだった。

ただ、現在の妻に話が及ぶと、顔が一瞬、曇ったように見えた。

「妻は、ずっと体が悪くて、あまり動けないんです。最近は、運動もしないせいか、随分、体重も増えて、引っ込み思案になってしまって……」

それまで滑らかだったテソンの口調が、言い訳がましく澱み、困惑が隠せない様子だった。

「でも心配ないですよ。賄《まかな》いのアジュモニ（おばさん）がふたりもいるし。子供たちもよく了解してくれてますから」

「奥さんは、じゃ、一日中、何ばしとると？」

母がすかさず聞き返すと、テソンはちょっと返答に困ったようだった。

「なあに、たいしたことはできませんよ。体が悪いんだから、仕方がない」

まるで自分に言い聞かせているような口ぶりだった。

「こん人はほんなこつ、女性《ひと》の運が悪かね。こがしこ甲斐性《かいしょう》があるのに……」

母は心の中でつぶやきながらも、テソンが哀れに思えてならなかった。恐らく、妻はどこかの資産家の娘で、箸より重たいものはもったことがないような生活をしてきたに違いない。そのくせ、きっとあれこれと理屈は立ち、ちょっとしたことにも大袈裟《おおげさ》に反応する、そんな女に違いない。母は、勝手にそう想像し、会ってもいないのに、嫌な女だとひとり決めつけていた。

結局、このときは最後まで、母からも、テソンからもサチコたちのことを話題にすることはなかった。

サンチョルが見送るなか、母とテソンはフェリーに乗り込み、下関に向けて出発することになった。

「サンチョラー、サンチョラー、元気でね。来年にでも熊本においで」

母が大きな声で呼びかけると、弟のサンチョルはしきりに頷き、涙を拭いているようだった。

どんよりとした雲の隙間から、パァーッと陽光が漏れると、窓際に明るさがもどった。母は釜山を振り返ることもなく、窓際の水面に戯れる光の文様をじっと眺めていた。テソンはデッキで釜山の方に目をやったままだった。

テソンがデッキから降りて来たときには、母はもうぐったりと横たわって大きないびきをかきながら、泥のように眠っていた。

「サチコはどこにいるのだろうか。妻は……。岡山の藤井がいろいろと捜しているということだったが、何か手がかりはあったろうか。あれから、二十五年か。日本も変わったろうな。サチコはもう結婚しているかな。どうしているか……。会えればいいが」

無邪気に微笑《ほほえ》むサチコの澄んだ瞳と小さなえくぼ。割烹着《かっぽうぎ》に身を包み、夕餉《ゆうげ》の支度に余念のない妻。健軍《けんぐん》での変哲もない日々の光景が愛《いと》おしかった。期待と不安が膨らみ、テソンの思いは、堂々巡りをするだけだった。

下関に着いて列車に乗り継ぎ、関門トンネルをくぐって、博多、鳥栖《とす》、大牟田《おおむた》と、なつかしい地名の駅を過ぎる頃、もう夜も更けていた。熊本駅に列車が滑り込むと、テソンは万感胸に迫ったのか、伏し目がちに涙をこらえているようだった。とりわけ、健軍行きの路面電車が通り過ぎるのを見たとき、テソンの胸は高鳴った。

「義姉さん、駅前も変わりましたね。でも、あの路面電車を見るとほっとします。向こうの方が万日山で、その右手の方が花岡山だったでしょう」

空梅雨《からつゆ》の夜空に輝く星を見ながら、感慨深そうにテソンがぽつんと呟《つぶや》いた。そのシルエットが、波打ち際に取り残されたような悲哀を物語っているようだった。

自宅に着いたときには、もう真夜中に近かった。玄関の扉を開ける間もなくすっと開き、中から父が飛びつくような勢いでテソンを迎え入れた。

「お前、お前、無事だったか。ほ、ほ、ほんとに……」

父はテソンの顔を手で撫《な》でまわしながら、叫ぶように語りかけた。

「兄さん、兄さん、にぃー……」

ふたりとも言葉を呑《の》んだまま、ただ抱き合い、号泣するばかりだった。

玄関の外では岩本が感極まったようにふたりの様子をじっと見つめていた。母は押し黙ったまま、あふれる涙を拭うのも忘れたようだった。

十八　悲　哀

翌《あく》る日、昨日までのうっとうしい梅雨空《つゆぞら》が嘘《うそ》のように晴れ渡り、強い日射しが辺りに容赦なく照りつけ、クマゼミがせわしく鳴き始めていた。

すでに父も岩本も食卓につき、テソンが起きるのを待っていた。母は誰よりも早く起きて朝餉《あさげ》の支度を済ませ、神棚に水を上げ、いつものように祈りの言葉を唱えていた。

やがてテソンと兄のマサオが食卓につくと、父が口を開いた。

「こがんして、お前と一緒に朝メシば食うとは、何十年ぶりかね。ほんなこつ、うれしかよ。もうお前と会われんと思とったのに……。とにかくたくさん食べてくれ」

「ありがたいことです。兄さんたちとこうして朝メシをいただくことになるとは、夢にも思いませんでしたから。義姉《ねえ》さん、いただきますよ」

「たくさん、食べてはいよ。昨日帰ったばかりで、美味《おい》しかもんはなかばってん」

食卓には、沢蟹《さわがに》の醤油《しょうゆ》漬けや鱈《たら》の甘辛焼き、昆布のから揚げやニラのキムチ、さらにモヤシの吸い物などが並べられ、食欲を誘った。

食後、テソンは早々と市内に出回ってみたいと言い出した。

「兄さん、義姉さん、熊本の街はどうなっていますかね。健軍や万日山の辺りはどうですかね。昨晩、熊本駅に降りて周りの様子が変わったと感じたのですが……」

「そがんねぇー。やっぱ二十五年もおらんと、右も左もわからんとじゃなかー。ばってん、熊本駅の裏の方はそがん変わっとらんど……。行ってみればよかよ。なんなら、マサオに案内させよか」

突然振られたマサオは、やや困惑しながらも、案内役を買って出てもいいという素振りをした。

「義姉さん、いいですよ。マサオ君は仕事があるでしょう。それにひとりの方が気楽でいいし、地図さえあれば大丈夫ですから。熊本の暑さぐらいどうってことないですから」

白っぽいスーツに開襟シャツ、それに洒落《しゃれ》た麦わら帽のテソンは、遠目にもひときわ目立って見えた。自慢のニコンの一眼レフを肩に提げ、彼はひとり、市内の方に出かけていった。

水前寺から健軍に向かう路面電車に乗り、かつて慣れ親しんだ場所に近づくにつれて、テソンの心に遠い記憶が甦《よみがえ》ってくるようだった。

「あの時と同じだ。二十五年前と変わらない。この暑さとクマゼミの声。でも、すべてが変わってしまった。熊本がこんなに変わってしまったとは……」

闇に葬り去った記憶が、生々しく甦ってくるのに、周りの世界はそんなテソンをせせら笑うようにも無頓着なようにも思えた。悲哀に似た感情がこみ上げ、胸の辺りを風が通り抜けていくようだった。人も羨むほどに出世したのに、多くのものを失ってしまった。そんな喪失感でテソンの心は暗かった。

いろいろな思いが、頭の中を徘徊《はいかい》し、さすがのテソンも時おり、鬱《ふさ》ぎ込むような表情を見せることがあった。

「あんた、義弟《おとうと》の様子が少し変よ。来たときは随分、楽しそうで、あん人らしくほんなこつ、よう笑って、ようしゃべっとったばってん、昨日ぐらいから、何か、ちょっと元気がなかごたる。ひとりで、市内ばいろいろと訪ねてみるていうて、出かけよったばってん、何か昔のことば想い出したとじゃなかろか。やっぱ、サチコちゃんたちのことが気になるとばい。もう明日は、東京に行かすけん、今晩ぐらい、ゆっくりとふたりだけで話ばしてみたらどがんね」

「うん、そがんね。俺もそがんせんといかんと思っとったばってん、あいつが自分から打ち明けて話すまで、待っとた方がよかと思て……。そうたいね、明日、東京に行くことになっとったね。もう時間もなかし、晩めしの後にふたりで少し話ばしてみるか」

その日の夕餉は、いつになく豪華だった。豚の蒸し肉、カルビの焼き肉、キスや車エビの韓国風の天ぷら、パジョン（韓国風のお好み焼き）やカラリと揚げた昆布、水キムチやニラキムチ、清涼感のある冷たい吸い物などが所狭しと並べられ、食欲をそそった。さすがにクマゼミの猛々《たけだけ》しい声にも勢いがなくなり、夕暮れの涼風がみんなの顔を撫《な》でるように通り過ぎていった。炎天下の重労働を終えた父や岩本、マサオも、法事のときのように少々、居ずまいを正した。明日、テソンが旅立つのだ。また会えるはずだが、それがいつになるか、定かではなかった。

テソンもまた、神妙な面持ちで食卓についたが、一杯呑《の》んだ頃には口も滑らかになり、持ち前の雄弁さを発揮して、いろいろと面白いエピソードを次から次に披瀝《ひれき》し、みんなの笑いを誘った。

法廷で居眠りをしていた判事を一喝したら、びっくりして突然、「閉廷！」と大きな声で叫んだとか。判決に不服な原告側の縁者が、傍聴席から裁判官めがけて糞尿《ふんにょう》のようなものを投げつけたとか。法廷の滑稽な人間模様が、テソンの巧みな話術によって生き生きと再現され、彼の話にみんながぐいぐいと引き込まれていった。

そうした話の合間合間に、テソンは勢いよく「美少年」を咽《のど》に流し込んだ。辛口の「美少年」に目がないことを知っていた母が、用意したものだった。酒が呑めるのは、テソンとマサオだけだった。しかしさすがにマサオはテソンの手前、口にしようとはしなかった。

「兄さんは、からっきし酒が呑めないからね。岩本さんも、一滴もやらないと聞いていたから、そうすると、マサオくんだけだね、呑めるのは。どうだい、一杯やらないかい。今日だけは無礼講というやつさ。マサオくんも呑んでもいいんだよ」

しきりにテソンが勧めたが、マサオは照れ隠しに笑いながら、固辞する素振りをした。

「そうか、まあ、無理には勧めないから。でも、本当にマサオくんは、いい青年だ。お父さんの後を継いで、いい商売人になるんだよ。お父さんは苦労したからね。その分、親孝行してあげないと」

「えっ、えー、がんばります」

ぺこんと頭を下げながら、絞り出すような声でそう答え、ちらりと父の顔をのぞき込んだ。父の口元が少しほころんでいるのがわかった。

「まだまだたい、マサオは。ばってん、近頃は、こがん暑か日でも、一日中、外でがんばりよるけんね。仕事も少しずつ覚えてきよるし」

「そがんばってん、うちらの苦労はまだまだわからんけんね。人が儲《もう》けさせてくれるけん、人ば大切にせんと。そんためには、必要なカネは使わんといかんとたい。まだ、そがんことはマサオにはわからんけんね。これからたい、マサオは」

母が合いの手を入れるように口を挟んだ。

「ところで、マサオくん、嫁さんはどうするのかな。好きな女性《ひと》がいるんだろ。早く、所帯をもってお父さんたちを安心させてあげないと」

酔いが回ったせいか、テソンはマサオの抱え込んだ微妙な問題にずけずけと口を出してきた。

「あ、あのー、そ、それはまだ……これからです」

赤面しながら、マサオはもう一度「これからです」と語気を強めた。

「これからです、かー、これは一本取られたなぁー、ワァッハッハァー」

テソンの豪快な笑い声に、無愛想な父も、寡黙な岩本も、珍しく大きな声を上げて笑っている。そんな様子を見て、母は幸せだった。

「ところで、義姉さん、テツオくんは、夏休みなのに熊本に帰って来ないんですか。会いたかったな」

「テツオは、もう大学二年生になっとるとよ。大学に入りたての頃は家にもちょくちょく帰って話ばしよったばってん、最近じゃ、なんか口数も少なくなって、休みになっても熊本に帰らんごつなって……。むずかしか年頃のごたる」

「なぁーに、義姉さん、心配はいりませんよ。テツオくんぐらいの年頃は、いろいろと悩んだり、考えたりする頃なんだから。なんだったら、一度、わたしのところに遊びに来るように勧めてみたらどうですか」

「そーねぇー、ばってん、あの子はチョーセンとかカンコクと聞いただけで、いやな顔ばするけんね……」

「まぁー、よかたい。テツオもいろいろと考えることがあるとだろ。今は放っておけばよか、なんとかなるけん」

「そうですよ、兄さんの言うとおり、なんとかなりますよ。義姉さんの言い草じゃないですか」

「そがんねぇー……」

兄のマサオやわたしのことを話のタネに座が盛り上がった頃、辺りは真っ暗になり、窓ガラスには夏の虫が群がるように飛び乱れていた。その様子に少し目をやりながら、テソンがしみじみと語りかけるように話し始めた。

「兄さん、義姉さん、岩本さん、マサオくん、今日は本当に楽しかった。二十五年ぶりだからね、熊本は。夏の暑さは変わらないけれど、やっぱり人も街も変わったね。でもこうしてみんなと一緒に夕食を共にできてよかった。義姉さん、この『美少年』、憶《おぼ》えておいてくれて、ありがとうございます。あの夏の時のことを忘れたことは一度もないんですが、義姉さんもずっと憶えてたんですね」

「あの夏」。岩本にもマサオにもそれが何を意味するのか、わからなかった。玉音放送を聞くことになったあの夏の日、呷《あお》るように「美少年」を呑み干していたテソンの様子が、母の目に浮かんできた。

「兄さん、義姉さん、あの時と同じように、『美少年』に因《ちな》んで、杜甫の詩を詠《うた》いますよ」

「国破山河在　　国破れて山河在り

城春草木深　　城春にして草木深し
感時花濺涙　　時に感じては花にも涙を濺《そそ》ぎ
恨別鳥驚心　　別れを恨んでは鳥にも心を驚かす」

岩本にもマサオにも何のことかさっぱりわからなかった。父も母も、遠い昔に聞いたことを想い出すことはできても、それが何を詠っているのか、どこの詩《うた》なのか、やはり見当もつかなかった。ただ、唸《うな》るような、そして今にも涙を流しそうな、目を閉じて一心不乱に詠うテソンの顔は、何か感動的だった。臓腑《ぞうふ》の中から絞り出される声に、哀感が込められているようで、みんなじっとその声に聞き入った。
夕餉の後片付けを終え、母が寝床に就くと、もう時計の針は夜の十一時を告げていた。食卓では父とテソンのふたりが何やら深刻に話し込んでいるのがわかった。時おり、テソンの嗚咽《おえつ》が聞こえてきた。彼が哀れで仕方がなかった。

＊

翌日、テソンはみんなに見送られて羽田へ旅立った。
羽田では、わたしが彼を出迎えることになっていた。その頃のわたしは、大学の講義にも、勉学にも興味を失い、さりとてサークル活動に熱心なわけでもなく、ヌラヌラとした手触りのハッキリしない日々を送っていた。

無聊《ぶりよう》を持て余していたわたしに、母から電話があったのは、数日前のことだった。

「お前の韓国の叔父さんが、上京することになっとるけん、羽田まで迎えにいきなっせ。顔は、ずっと前、お前に写真ば見せたろ。叔父さんもお前のことは写真で知っとるけん、大丈夫よ。それから、羽田には、藤井さんという人の息子さんも迎えに来ることになっとるてたい。慶應大学の学生で、お前と同じ年頃らしかばい。よかね。くれぐれも頼んだばい」

あらまし、こんな具合の母の説明だったが、わたしは気が重かった。カンコクやチョーセンと聞いただけで、逃げ出したくなるのに、これまで会ったことのない叔父と会うことが、自分の触れたくない出自ともろに向き合うようで、暗い気持ちになったのだ。それにいったいどんな挨拶をすればいいんだ。何を話せばいいんだ。唐突な母の依頼に、半ば腹立たしい気持ちがしたが、しぶしぶ引き受けることにした。

夏の明るい日射しがガラス越しに到着ロビーを照らしていた。大阪万博が始まって数ヶ月が経《た》ち、羽田空港も「万博特需」でごった返し、あちこちで弾《はじ》けるような笑い声が聞こえた。叔父にどんな言葉をかけたらいいんだろう。わたしは内心緊張し、心許《こころもと》ない気持ちで一杯だった。

「やぁー、テツオくんだねぇー。写真で見るよりも大きいねぇ」

いきなり日本語で名前を呼ばれ、わたしは一瞬、虚を衝《つ》かれた感じだった。オールバックの黒々とした艶のある髪に太い眉。すっと通った鼻筋に輝くような大きな瞳。すべての造作がハッキリとしていて人目を惹《ひ》きつけた。それに大柄で長身の堂々とした体軀《たいく》を包む白っぽい背広が光に映えて、叔父のテソンの周りはパッと華やいだ雰囲気が漂っていた。

「お、叔父さんですね。ア、アンニョン……えーっと、アンニョンハシルムニカ(ママ)……」

「ワッハッハァー、よく挨拶できたね。うん、うん、それでいいよ」

野太い笑い声が辺りに響き、わたしは穴があったら入りたいほど恥ずかしかった。しどろもどろに佇《たたず》んでいると、後ろから若い男が呼びかけてきた。

「藤井です。ようこそおいでになりました」

快活でいかにも慶應ボーイという感じの爽やかな青年だった。

「ああ、芳太《よした》くんだね。藤井から聞いてはいたけれど、いい青年になって……」

藤井がどんな人物で、叔父のテソンとどんな関係があるのか、わたしにはさっぱりわからなかったが、詮索する気もなかった。

「芳太くん、明日の正午頃、帝国ホテルの方に顔を出してくれないか。詳しいことはその時に話そう。フロントでわたしの名前を言えば、すぐにわかるから。それからテツオくん、突然だけれど、金曜日から大阪に行くので、テツオくんも大阪まで一緒に来てくれないか。何も心配いらないよ。身ひとつで大丈夫。すべては叔父さんが面倒見るから。いいね。金曜日に帝国ホテルのロビーで正午に会おう」

余りにも唐突な提案にわたしは泡を食い、二の句が継げなかった。第一、帝国ホテルがどこにあるのか、見当もつかなかった。

わたしが言い淀《よど》んでいるうちに、彼はいかにも韓国人らしい屈強な感じの二、三人の男たちに迎えられ、黒塗りの車で立ち去っていった。

数日後、結局、わたしは帝国ホテルで叔父のテソンと待ち合わせ、新幹線で大阪に出かけることになった。叔父の余りにも勝手なやり方に、内心、腹が立って仕方がなかったが、父からも電話で強い調子で同行を勧められ、いやいやながらも従わざるをえなかった。もっとも、冷房のない蒸し風呂のような下宿から解放されることは、まんざらでもなかった。

「テツオくん、やはり日本はすごいね。こうしたこと（新幹線）になると、この国はとてつもない力を発揮するね」

時速二百キロに達するようなスピードながら意外に揺れの少ないグリーン車のシートに深々と体を沈め、彼は感慨深げに呟《つぶや》いた。そこには、自分の国と較《くら》べてすべてにおいて「進んでいる」日本に対する劣等感の入り交じったような憧れが吐露されていた。

「でもね、テツオくん、日本人のことを余り信じてはいかんよ。すぐに手のひらを返したように変わるからね」

くぐもったその声には、恨みとも、妬みともつかない、無念の気持ちが滲《にじ》んでいた。

「テツオくん、一度、ソウルに来てみないか。お父さんやお母さんの国を知らないなんて、おかしいだろ。一度は自分の国がどんなところなのか、訪ねてみるべきだよ。叔父さんがいるから、一切心配ない。来年の夏休みにでも来なさいよ」

思わぬ誘いに当惑しながらも、わたしはどこかでそうしてみたいような気分になっていた。

「もうこんな何していいのかわからない生活なんていやだ。何かキッカケをつかめれば、なんでもいいいじゃないか」

そんな声がわたしの中で大きくなっていくのがわかった。

十九　決　心

　史上空前の六千万人以上の入場者を誇った万博という世紀のイベントも幕を閉じ、日本中が憑《つ》きものが落ちたように落ち着きをとりもどしつつあった。

　小さな鱗雲《うろこぐも》が秋の空一面に広がる頃、妻子を捜し出せなかった叔父テソンは、傷ついた心を抱えて、すごすごと引き下がるように日本を後にせざるをえなかった。

　岡山の藤井が、八方手を尽くして消息を確かめようとしたが、妻とサチコに辿《たど》り着けなかった。テソンの大学時代の無二の親友であった藤井は、岡山でも一、二を争う呉服問屋の跡を継ぎ、秋田や新潟、富山にまで商いの手を延ばしていた。そこでのツテを頼りにふたりの行方を捜し、脈がありそうな話があれば、息子の芳太を遣《や》ったりしてあれこれと尽力してみたものの、ふたりに繫《つな》がる有力な手がかりは見いだせなかった。

「永野、言いづらいけど、諦めたほうがいいよ。ふたりは、間違いなく実家に帰ったらしいけれど、その後、どうなったのか、消息がつかめないんだ。きっと奥さんは、永野が亡くなったと思って再婚したのかもしれない。そうだとすると、向こうにも家庭があるし、今さら会ってくれと言っても迷惑だろ。それにお前にも家庭があるし。諦めるしかないよ、永野」

「……わかった、藤井、わかったよ。お前がここまでして捜しても見つからないんだから、きっとどこかで昔のことをすべて洗い流してやり直しているんだろ。そうだな、俺が現れたら、迷惑だな。でも、ひと目、サチコの姿だけでも見たかった。俺にそっくりだったんだから」

「永野、そんなに気を落とさんでくれ。俺の力がないばかりに……」

「藤井、本当にお前はいいヤツだ。恩誼《おんぎ》は生涯忘れない。ソウルに来ることがあったらまた連絡してくれ。それから、熊本のほうにもこれまでの経緯《いきさつ》を連絡しておいてくれないか。兄貴たちが心配しているから」

「わかった。俺がちゃんと伝えておくから安心してくれ。永野、お前も元気でな」

友の心遣いに頷《うなず》きながらも、彼の心には埋めがたい空白のようなものが広がっていたのだろう。この時以来、叔父テソンが日本の土を踏むことは二度となかった。

そんな心中など露知らず、大阪で彼と別れたわたしは、肩の荷が下りた思いだった。ただ、一年先のこととはいえ、韓国に行くことを考えるだけで憂鬱だった。

だが、そんな鬱陶しさを吹き飛ばすような事件が起きたのだ。

自衛隊の決起を呼びかけ、市ヶ谷駐屯地に乱入し、挙げ句割腹自殺を遂げた作家・三島由紀夫の事件は、なぜかわたしの心を激しく揺さぶった。いきなり棍棒《こんぼう》で頭を殴られたような衝撃だった。それは、どこかとらえどころのない、ヌラヌラとした心情を吹き飛ばしたのである。

「どうしてあんなことをしたのか。死をもって何を訴えたかったのか。どんな人間なのだろう、三島は？　二、三小説を読んだ覚えはあるが……」

それを入稿した後に自決したという、いわく付きの遺作『豊饒《ほうじょう》の海』の第四部の最終回が月刊誌に発表されると、わたしはむさぼり読んだ。

「違う、違う、なんだ、これは……」

読み終わった後、何の感動もなかった。むしろ、嫌悪感すら湧いてくるほどだった。どこかで、自分が抹殺したいと思い続けてきたロマン的な心情を、年老いた男を通じて語らせているようで、死を厭《いと》わない激しい熱情と小説の内容は余りにもちぐはぐだった。そのためか、熱は一挙に冷めてしまった。

その代わりにもうひとつの衝撃的な事件がわたしを襲った。しかも、それはわたしのごく身近な所で起きたのだ。

三島の華々しい最期とは打って変わって、ひとりの大学生が、神社の境内で淋《さび》しく焼身自殺を遂げたのである。神社はわたしの下宿とは目と鼻の先だった。そして何よりも、大学生は、日本名、山村政明《やまむらまさあき》、民族名は「梁政明《ヤンジョンミヨン》」という、わたしと同じような出自の文学青年だった。

幼いときに両親の都合で日本に「帰化」し、極貧の中で文学を志して大学に入り、やがて怒濤《どとう》のような学園紛争の中で傷つき、失恋の追い討ちもあったのか、すべてに絶望して自ら命を絶った。

といっても、山村青年がどんな理由で死を選んだのか、わたしにはよくわからなかった。それでも、彼が山村政明と梁政明の間で懊悩《おうのう》していたことは痛いほど理解できた。

山村青年が残した遺書には、「日本人でもない。もはや朝鮮人でもない祖国喪失者」「私の安住の地は、一体何処《どこ》にあるのか？」といった言葉が綴《つづ》られ、その内面の懊悩が赤裸に語られていた。

「そうだ、その通りだ。同じ悩みを抱えて、こんなふうに死を選ぶなんて……。体中が燃えるとき、何を叫んでいたんだろう。なぜ、なぜこんなに惨めなんだ、俺たちは……」

山村青年が自決した神社の境内で酒を呷《あお》りながら、わたしは何度も自問していた。やがてわたしの中で何かが変わろうとしていた。それが何なのか、よくわからなかったが、暗がりの中からぼんやりとした輪郭を現しつつあった。

「何だろう。何かが見え始めているのに、まだハッキリとわからない。韓国に行ってみれば、それがわかるかもしれない。そうだ、行ってみよう、叔父テソンのところに。行けば、このもやもやが晴れるかも……」

「オモニ、やっぱ今年の夏は韓国に行ってみるよ。叔父さんも誘ってくれているし。どがんなるかわからんばってん、行ってみる。行ってみらんと何もわからんけん」

「そがんね。テツオがそう思うなら、行ってみるたい。ばってん、用心せんと。むこうじゃ、いろいろ政治の問題があるけんね。まぁ、叔父さんがおるけん、万が一のことはなかと思うばってん」

母は、内側に引きこもり、悶々《もんもん》としている様子のわたしの中に何か変化の兆しが起きつつあることを直感的に見抜いていた。韓国に行くことで、息子の抱え込んだ悩みの霧が少しでも晴れてくれれば……。母も祈るような気持ちでわたしを見送ったのである。

*

しかし、そんな淡い期待は、木っ端微塵《こばみじん》に砕けて散ってしまった。軍政下にあったソウルは、万日山のバラックを数百倍、数千倍掻《か》き集めてきたような巨大な塊となってのたうち回っているようだった。それは、まるで皮膚を剝《は》がされてその腸《はらわた》をさらけ出して激しく身悶《みもだ》えしているように見えた。その暴力的な荒々しさと凄《すさ》まじいエネルギーに圧倒され、そしてそれまで見たこともない貧しさにわたしは言葉をなくしていた。

その上を有刺鉄線が走る煉瓦塀《れんがべい》に囲まれた叔父テソンの屋敷は、周りの庶民的な民家を圧倒するように、ひときわ大きく豪奢《ごうしゃ》だった。彼の屋敷を一歩外に出れば、そこには廃屋のような民家が所狭しと軒を連ねていた。廃液や汚水、泥水が混ざり合ったような溜《た》まり水で子供たちが歓声を上げながら水遊びをし、傍らではみすぼらしいチマ・チョゴリの女たちがせっせと洗濯ものを洗っていた。辺り一面に漂う悪臭は、澱《よど》んだ空気を一層、重苦しくしていた。

「あの万日山の集落と同じじゃないか」

思わず、わたしは独《ひと》り呟《つぶや》いていた。遠い記憶の中にぼんやりと浮かび上がる光景と、懐かしいような、思わず手で鼻を塞ぎたくなるような異臭。そして垢《あか》と汗にまみれた人の顔。すべてが強烈で、しかし郷愁を誘う世界だった。その中で物乞いの子供たちの哀れな姿がひときわ目を引いた。

コールタールのように固着した垢と泥だらけの顔に、ボサボサの干からびた長い髪。ぼろ切れを引きずりながら気怠《けだる》そうに前屈《まえかが》みに歩むその少年の姿は、この世の惨《むご》い仕打ちを一身に背負っているようだった。テソンの屋敷の門の前で、針金で吊《つる》した空き缶に何か食べ物を入れて欲しいと訴えているが、声は聞き取れなかった。

賄《まかな》いのアジュモニ（おばさん）が、まるで不潔な野良犬を追いやるように、

「しっ、しっ、あっちへ行きな、あっちへ。ここはお前の来る所じゃないよ」

と、しきりに手で追い散らすような素振りをしている。

「アジュモニ、何か上げて下さい。かわいそうじゃ……」

わたしが口を挟もうとすると、側から叔母がすかさずわたしを窘《たしな》めようとした。

「ダメだよ。気持ちはわかるけれど。そんなことをすれば、明日からどれだけたくさんの子供が押しかけてくるか、わかったもんじゃないよ。日本とは違うんだから、ここは」

テソンの妻はソウルでも指折りの資産家の娘で、読書家でもあり、日本語が達者な教養人だった。ただ、病気を理由に、家事全般をふたりの賄いのアジュモニたちに任せ、有閑《ゆうかん》マダムのような日々を送っていた。そんな彼女の生活に内心、不快な気持ちを抱い

ていたわたしは、諭《さと》すようなその言葉に強い反発を覚えたが、「異邦人」同様の自分には、どうすることもできなかった。

ソウルの街には鉄道の駅や鉄橋の下の瓦礫《がれき》の上で暮らす夥《おびただ》しい数の孤児たちが、靴磨きや新聞売り、盗みやシケモク売り、物乞いなどでその日その日をかろうじて生き延びていたのである。屋敷の中で自分だけ安逸をむさぼっているようで、わたしの心は晴れなかった。

「ソウルの外はどうなっているんだろう。どんな景色が広がっているのか、この目で見てみたいものだ。アボジやオモニのコヒャン（故郷）にも行ってみたいし……」

テソンはまるでわたしの心を見透かしたように田舎《いなか》に案内したいと言い出した。

真夜中、夜陰に乗じるように夜間外出禁止令の布《し》かれたソウルを後にした。ドイツ製の高級車の唸《うな》るような爆音が静まりかえった闇夜に響き渡った。漢江《ハンガン》の大橋を渡った辺りの検問所で呼び止められ、数人の屈強な兵士たちに取り囲まれてしまった。そのうちのひとりが、今にも襲いかかろうとする猛禽類《もうきんるい》のような鋭い目つきで車中を物色し、握りしめている軽機関銃をこれ見よがしに突きだした。薄明かりに鈍く光る銃身からは今にも何かが飛び出してきそうだった。

すかさずテソンが一喝すると、そのドスの利いた声の迫力に押されたのか、一瞬、ひるんだように後ずさりし、ゲートを開くよう合図をした。

「生意気な野郎どもだ。戦争の怖さも知らないで」

吐き捨てるようなテソンの言葉には、かつての帝国軍人の余韻が残っているようだった。高速道路に入って、わたしは睡魔に襲われてぐっすりと寝込んでしまった。ごとごとと揺れる田舎の悪路で目が覚めた時には、車はすでに辺鄙《へんぴ》な田舎道を上下に激しく揺れながら走っていた。からからに乾ききった農道や荒廃にさらされた山肌が、農村のうらぶれた貧しさを映し出しているようだった。藁葺《わらぶ》き屋根を被《かぶ》せただけの粗末な農家の家々が点在し、ところどころに疎《まば》らに植わる松の木に囲われた土饅頭《どまんじゆう》のような墳墓が目についた。

外国車など滅多に見る機会がないのか、子供たちが奇異の眼差《まなざ》しでこちらを見つめ、時おり、必死に手を振っている。ほとんど素足で着の身着のままの姿に鼻水を垂らした無邪気な子供たちばかりだった。物乞いの子供たちとは違って、貧しくとも屈託のない明るさがあった。

「テツオくん、これから叔父さんたちのオモニの家に寄ることにするよ。テツオくんのハルモニ（おばあちゃん）だね。でもね、血はつながっていないんだよ。このハルモニは、テツオくんの血のつながったハルモニが亡くなった後、ハラボジ（おじいさん）のもとに嫁いで来たんだ。だから、叔父さんたちにとっては継母《ままはは》ということになるね」

わたしにははじめて聞く話だった。

村外れにある一軒家は、電気も通らず、上下水道の設備もない廃屋そのものだった。薄暗い部屋の中にそのハルモニはうずくまるようにして背をかがめて座っていたが、わたしが近づくと、突然、「アイゴー、アイゴー、アイゴー」と涙声でわたしの頬に顔を寄せ、ただ泣き崩れていた。

ごわごわに硬い手と皺《しわ》だらけの黒ずんだ顔にざんばらの髪。そのすべてが、苦渋の日々を語っていた。わたしはハルモニが哀れで仕方がなかったが、まともに声をかけてやることもできず、ただ突っ立ったまま、ハルモニの仕草を見守るしかなかった。

「どうして、チョーセンはこんなに惨めなんだ。なぜもっと楽しく豊かな、明るい表情になれないんだ」

恨めしい鬱憤のようなものがわたしの中でむくむくと頭をもたげつつあったが、それをどこに向けたらいいのか、わからなかった。

それでも、わたしは行く先々で歓待され、人びとの温《ぬく》もりを実感していた。母の故郷、鎮海《チネ》では、女系家族の親族や知り合いが大勢駆けつけ、大人も子供も、まるで祭りのような騒ぎようだった。中央に救国の英雄、李舜臣《イスンシン》将軍の銅像がすっくと建っているロータリーの前で記念写真に収まった人の数は、優に四十人を超えていた。その賑《にぎ》やかな有り様を見ながら、叔父テソンはいつになくニコニコと笑いながら、わたしの顔を窺《うかが》っている。わたしは当惑しながらも、うれしかった。何か心のかさぶたが剝がれ、ありのままでいる心地よさのようなものを味わっていたからである。それは物心ついて一度も味わったことのないすがすがしい感情だった。わたしの中から不安の影が小さくなり、わだかまりが抜けていくようだった。遠くから潮の香りを運んでくるそよ風が、夏の暑さを忘れさせてくれるようだった。

父と母の故郷を駆け足でめぐった車は、その日の夜遅く、ソウルに到着した。ぐったりとした疲労感が体の芯まで伝わってくるようで、わたしはほとんど言葉を発することすらできなかった。しかしそれでも、どこかで心地よい安堵感《あんどかん》が広がっていた。叔父テソンも、言葉には出さなかったが、そんなわたしの変化をうすうす感じ取っているようだった。

　翌日、いよいよ日本に帰る日も近づき、わたしは漫然とソウルの街中を歩き、そしてどこかで独りだけの時間を持ちたかった。とある雑居ビルの二階にある喫茶店の窓際の席に腰を下ろすことにした。

　漢方薬のような臭いのする、まずいコーヒーも苦にならず、わたしは強烈な刺激でヒートアップしたままの心身を冷やすように、窓の外の景色を眺めていた。夕暮れの雑踏の向こうには火焔《かえん》に包まれたような大きな太陽が没しようとしていた。夕陽《ゆうひ》に染まるソウルの街の雑踏は、これまで見たこともないほど美しかった。

「どんなところに生きていても、陽は昇り、そして陽は沈む。変哲もないありふれたことだ。でも、その当たり前を当たり前と思えなかったのはなぜだろう。そうだ、ありのままでいいんだ、ありのままで。父と母がこの国で生まれ、そしてわたしは偶《たま》さか日本で生まれた。ただ、それだけのことじゃないか。ならばありのままで生きよう」

　心の中でつかえていたものが少しずつ消えていくような爽快感がじわーっと広がっていくようだった。やっとわたしはオモニの故郷に降り立っていることを実感したのだ。

　ソウルを離れる日、その日もはじめてソウルの土を踏んだ時と同じように、晴れ渡っていた。テソンとその長女そして二男が空港まで見送りに同行してくれた。言葉の壁で打ち解けたとは言えない従兄弟《いとこ》たちも、今はかけがえのない身内に思えてならなかった。そしてテソンに対する複雑な気持ちも和らぎ、親しみと感謝の気持ちに変わっていた。出国ゲートの前で後ろをふり向くと、目頭を押さえているような彼の仕草が目に留まった。

「ありがとう、ありがとう、叔父さん。元気で」

わたしははじめて、叔父というかけがえのない存在に気づいたのである。

しかし、それが彼との最後の挨拶になるとは夢にも思わなかった。その後、再会の機会もないまま、二十年の歳月が流れた。父が亡くなる一年ほど前から交通事故で小さな病院に入院していたテソンは、父の死後数ヶ月の後、誰からも看取《みと》られず、淋しくその生涯を閉じたのである。いろいろな事業に手を出しては破産し、屋敷も人の手に渡って一家は離散、挙げ句の果てに交通事故で寿命を縮めることになったのだ。

妻子と生き別れ、日本での記憶を消し去ることで甦《よみがえ》った旧帝国陸軍憲兵。末期のテソンにその悲しい記憶はどんなふうに映ったのだろうか。

機内に入る頃には、もううっすらと夕闇が迫ろうとしていた。機中から見下ろせるソウルの夜景は、ぼんやりと輝いて見えた。昼間とは打って変わってソウルの荒々しい息づかいはかき消され、美しい夜の顔を見せていた。

「ソウルか……。もう一度来よう、必ず。その時までさようなら、ソウル」

わたしの中にハッキリと変化の芽が吹きつつあった。

「永野鉄男か……。でも姜尚中じゃないか。どちらも本当の自分なんだぞ。ならばどうしてそんなに姜尚中から逃げてきたんだ。逃げなくてもいい、ありのままでいいんだ。ならば永野鉄男でいいじゃないか。いや、違う。それなら今までと同じだ。変わろう、変わるんだ」

二十　わだかまり

到着地の福岡はいつもと変わらない蒸し暑さだった。

福岡から熊本に帰ると、うだるような残暑が待ち構えていた。二日ほど、眠りこけるように過ごした後、わたしの中から強張《こわば》った心のしこりのようなものがなくなっていくのがわかった。そしてこれまでの父と母が、どこか違った顔に見えてきたのである。

「テツオ、韓国から帰ったら、何か変わったごたるね。日焼けしただけじゃなかごたる。何かよかことがあったね。オモニに話してくれんね」

「う、うーん、そうねぇー、たくさんよかことがあったとよ。オモニにいろいろと話したかばってん、オモニ、秋に下関のおばさんが来っとね。そしたら、オモニもまた二日間ぐらいはじゃんじゃか、じゃんじゃか、やるとじゃなかね」

「なんね、お前は、あればする度に嫌がって隠れとったろ」

「うーん、そがんね。ばってん、今じゃ、あれが見られんけん、淋《さび》しかたい」

　母が、子供たちの手の届かないところに飛んで行ってしまうような、あの激しい動きの祭儀を、わたしはもう十年近く、見たことがなかった。あれほど毛嫌いしていた下関の巫女《ムダン》たちの姿が懐かしく、もう一度、ドラや太鼓の音を聞きたいと思ったのだ。

「テツオも変わったねー。ばってん、もう下関のおばさんも亡くなってしもうて、アジュモニたちもおらんごつなったけんね。それにオモニも、料理ば作ることはできるばってん、もう二日も、三日も寝らんで起きとるこつはできんけんね」

母の口ぶりは心なしか淋しそうだった。そこには自分たちの時代が終わりつつあることへの諦めともつかない、やるせない気持ちがにじんでいた。

わたしはすかさず、母を慰めるような口調で言葉を継いだ。

「オモニ、実は、今日から永野鉄男ばやめて、姜尚中て名前にするばってん、よかね」

自分の手柄を自慢げに語る息子に驚きながらも、母は目を細め、しかし不安の色も隠さなかった。

「テツオ、それはよかこつたい。あがしこチョーセンと聞いただけで逃げよったとだけんね。オモニもうれしかよ。ばってん、テツオ、オモニはどがんしても、テツオの方が自然と口に出てしまうけんね。それにカン・サンジュンというて、世間で通るかいね」

「なぁーに、何とかなるとよ。オモニが、いつもそがん言いよるでしょうが」

母は半ば苦笑しながらも、息子の成長をうれしく思い、同時にいささか不安だった。それでも、息子の中に起きつつある変化が、自分とのミゾを埋めつつあることを感じ取っていた。だが、その変化が他方で、次第に息子を母から遠ざけようとしているようにも思えてならなかった。息子は、母を心のどこかで支えてきたものをハッキリと理解できるようになったのだ。それはうれしいことだった。しかし、息子はそれだけにとどまらず、自分には理解しがたい知識を身につけ、小難しい思想や危険な考えに染まっていかないか、内心、不安に思っていたのである。

「あんた、テツオがほんなこつ変わったばい。名前ば変えて、民族名ば名乗るて言うてね。うれしかばってん、これからそれでやっていけるどか。それに、最近じゃ、口ば開くと、韓国の朴《パク》大統領がどうのこうのと言いよるし、民主化の話ばっかりしよるけんね。韓国は貧しかし、政治もあがんむごかことばしよるけん、テツオの言うとおり、変わらんといかんばってん、テツオが妙なことにならんとよかばってん。字が読めんけん、何の話し相手にもなってあげられんたい」

「そがんね……。ばってん、ほっとくたい。あん年頃はそがんとだけん。それにテソンの所に行って少し自分で考えることがあっとだろ。心配するこつはなか」

「そがんばってん、テツオは純真なところがあるけんね。字が読めれば、少しはあん子が考えよることばわかってあげられるのに……」

母は、息子がいよいよ自分の知らない世界へと足を踏み入れ、母子《おやこ》の間で言葉を交えることすら叶《かな》わなくなりつつあることに、一抹の淋しさを覚えていた。その感情は、自分が字を知らないことの後ろめたさも手伝って、自己嫌悪のような苛立《いらだ》ちへと変わっていった。その気持ちを父がくみ取ってくれれば、母も少しは慰められたかもしれないが、父にはそうした母の心の襞《ひだ》が読めなかった。

というより、父には子供たちは健康でありさえすれば、放っておいてもいいものという強い思い込みがあったのだ。だが、そうした父の態度は、母にはどこか鈍感で、物わかりの悪い父親の典型のように思われた。

「あんた、テツオも心配ばってん、マサオのこともそがんよ。橋本さんところのおばさんの末の子と結婚したかて、この間、はじめて打ち明けてくれたとよ。知っとったね。まだ知らんだっとじゃなか」

「何か、そがんか。マサオがそがんこつば言いよったか。まだ早かと思っとったばってん、もう結婚してよか年頃だけんね。橋本のおばさんて、あの春日のおばさんのことか」

「そがんよ。おばさんはほんなこつ、苦労ばっかりして。旦那さんがひどか人で、好きな人と駆け落ちして行方もわからんてよ。橋本のおばさんがかわいそかよ。体も小さかし、気も小さかけん、人から騙《だま》されたり、人のいいなりになって苦労ばっかりして。ばってん、女手ひとつでよう子供たちを育てなはった」

「マサオが好きなら、それでよかたい。娘は順子《スンジャ》ていうたかいね。一度顔ば見た気もするばってん、よう憶《おぼ》えておらんね」

「おばさんの若い頃にそっくりの、ほんなこつかわいか子ばい。今は東京に出て、上野かどっかの小さな会社で事務員ばしよるてたい。姉さんと兄さんたちが東京におるけんね。ばってん、腹違いの兄弟姉妹で、いろいろとわけがあるごたる。それでも、仲はほんなこつよかごたるよ。スンジャは末娘で、みんなからかわいがられて、気立てもよかけん、マサオと一緒になればよかばってんね」

「そがんね。ばってん、マサオは長兄だけん、向こうといろいろとありゃせんか」

「そがん心配はいらんごたる。マサオは、スンジャの兄弟姉妹とも仲がよかごたるし、この間も、東京に出かけて、会ってきたてたい。スンジャが会社ば辞めて結婚するなら、三月の末がよかろね」

こうしてマサオは、桜の蕾《つぼみ》が大きく開く頃、幼なじみでもあったスンジャと祝言《しゅうげん》を挙げ、名実ともに永野商店の跡取りになった。披露宴で父は、珍しく酔いがまわるまで盃を重ね、その勢いもあったのか、踊りまで披露して座を盛り上げることになった。

永野商店の従業員や取引先の商店主など、総勢、二百人近くが祝宴を囲み、父はそのひとりひとりに酒を注いで回り、普段の無骨なイメージを一掃するような愛嬌《あいきょう》を振りまいたのである。

父のはしゃぎぶりに母は、内心、ハラハラしながらも、幸せな気分だった。

父や岩本たちと苦労の末に築き上げた成果が、いまハッキリと形になり、世の中から認知されたようで、母は誇らしかった。披露宴は同時に、事実上のマサオの「襲名披露」でもあった。父にも母にも、熊本に流れ着いて以来の、さまざまな思いが去来し、宴《うたげ》の最後の父の挨拶はうれし涙で時々途絶えるほどだった。

「みなさん、本日は本当にありがとうございました。熊本に来て、二十数年。いろんなことがありました……。口に出せんこともたくさんありましたけん。でも、こがんしてマサオの披露宴ば無事終えることができて、うれしかです。親バカですが、どうか息子夫婦のことばよろしうお願いします」

短い挨拶ではあったが、父にしては精一杯の言葉だった。言い終えた後、父はひと目も憚《はばか》らず、涙を拭い、じっとうつむいたまま、何かに耐えているようだった。その姿を見たマサオも、感極まったのか、泣きじゃくりながら、たどたどしい言葉で挨拶をし、初々《ういうい》しい印象を与えた。

こうしてふたつの家族が同じ屋根の下で苦楽を共にすることになったのである。

だが、やがて母とマサオの間にわだかまりのようなものが少しずつ募っていった。

「オモニ、前から言おう、言おうと思っとったばってん、いつもここに座っておらんではいよ。オモニがいちいち指図ばするると、みんなが困るけん。それに俺が言いよることと、オモニが話すことが違っとると、どがんしたらよかか、出入りする人間がわからんごとなるけん」

「マサオ、お前はこの商売の本当の苦労がわかっとらんばい。事務所で長話ばっかりしよって、何で従業員にケジメがつくね。この仕事は、ほんなこつ、汗にまみれてみんなより先に汚か仕事もやらんといかんとたい。事務所におらんで、外回りばしたりせんと」

「オモニ、わかっとるて。ばってん、もう今はオモニたちの時代とは違うとだけん。もっといろいろと合理化してやらんと、働いているもんも、ついてこんとよ」

「そがんことはオモニにもわかるたい。オモニは学はなかよ。ばってん、商いはしっかり人を見てやらんと。それにみんな贅沢《ぜいたく》になって、ゴミやクズば扱うのを嫌がっとるけん、お前が率先してそれば見せんといかんとたい。アボジもオモニも、そがんして来たとだけん」

母にも時代の変化が身に染みてわかってはいた。しかしそれでも、自分たちが言葉で言い表せない労苦の末に築いたものを、ただ時代の流れだけにまかせてしまうことはどうしても承服しがたかった。母には、息子がまだまだ未熟に思えてならなかったのだ。だが、どこか頭の片隅で、自分たちが時代から置いてきぼりにされつつあるということを意識しはじめていた。そして息子たちが、少しずつ、遠のいていくようで淋しかった。息子たちの成長は喜ばしかったが、自分たちの時代が終わりつつあると思うと、やるせなかった。母の中に憂鬱な気分が広がりつつあった。

二十一　憂愁

なぜこんなに一日が短いのか。年月がせわしく飛び去っていくようだった。見知らぬ国で生きていくために、骨身を削って努力した日々、時間はあれほどゆっくりと流れ、ハッキリとした区切りがあったのに。

でも、今は、時間が母の目を掠《かす》めて逃げ出しているかのように恐ろしく短く、いつの間にか一年が終わっているような感じだった。事業も子供たちも万事、大過なく順調に見えた。にもかかわらず、いや、だからこそ単調な生活を送ることに慣れっこになってしまった母は、時間の感覚の新鮮さを失っていたのだ。

新聞を広げて日々の事件を追っていくだけでも時間の感覚が若返ったかもしれない。また好きな小説やエッセイ、趣味の本を読むだけでも習慣の切り替えになったはずだ。だが、そんな日々のちょっとした変化やエピソードは、字の読めない母には無縁だった。といって休養を取るために旅行とか湯治に出かけることも思いつかなかった。

とにかく、身の回りの日課をあくせくとこなすことがすべてだった。そのせいか、日々の緊張がいつの間にか麻痺《まひ》してしまい、母は自分でも気づかない間に心身ともに消耗し、溌剌《はつらつ》とした時間を忘れてしまっていた。そしてそこに微《かす》かながら、老いの影が忍び寄ろうとしていた。

マサオが商売のことで母と口論になったりする時など、母は激しく叱責したが、それでも息子が一人前になりつつある手応えを感じていた。母を手こずらせた「不良少年」は、父や母の汗の結晶の逞《たくま》しい継承者に成長しつつあったのだ。そう思えば思うほど、逆に母は兄に自分たちの商売の流儀を教え込もうとした。だが、それがもはや時代に合わないことは、母も心のどこかでわかっていた。わかっているからこそ、マサオと言い争うと、そんな自分が腹立たしく思えてならなかったのだ。

それに引き換え、「家出息子」のようにずっと親元を離れたまま、大学からさらに大学院へと進むことになったわたしは、母にとってどこか頼りない、面倒な息子だったに違いない。しかし、その息子は、母の与《あずか》り知らない世界の住人として自分の好奇心を満たしてくれるありがたい存在でもあった。

文字が読めないせいか、母は自分の五感で知覚できる世界だけを頼りにしてきた。でもそれだけではどこか、窮屈な感じがしてならなかった。五感では捉え切れない世界のことをもっと知りたい。好奇心が歳《とし》とともに頭をもたげるようになったのだ。

「テツオ、オモニはあの政治家の言うことはここがおかしかと思うばってん、お前はどう思う」

時には母は、こんなことも口にした。

「物価が上がって、土地も値上がりして、日本の経済はどがんなるとどこか」

テレビの「ユース（ニュース）」を手がかりに、母は家に帰った息子を捉《つか》まえては矢継ぎ早に質問を繰り出した。わたしがひとつひとつ、丁寧に答える度に、母の言うセリフは決まっていた。

「やっぱ、学があると違うね」

そして半ば冷やかすように、口をわざとすぼめて、

「テツオは、しぇんしぇい（先生）たいね」

と戯《おど》けてみせた。

「ばってん、しぇんしぇいも、職がなかとどがんもしょうのなかたいね」

母は、オーバードクターにさしかかろうとしているわたしの将来を案じ、息子のためにも老け込んでばかりはいられないと、自らを叱咤《しった》していたのである。

その息子が、あえて母に人を紹介したいと言い出した時、胸騒ぎがしてならなかった。

＊

「オモニ、元気ですか。熊本は暑いでしょう。東京も、蒸し風呂のような暑さですよ」

電話の向こうではフォークリフトの唸《うな》るような音がした。

「テツオか。今年の夏はほんなこつ暑かよ。アボジも、おっさんも、マサオも、真っ黒に日焼けしとるばい」

「オモニはどがんね」

「オモニはたいてい事務所におるけん、そがんこつはなかよ。ばってん、今年が最近じゃ一番、暑かろ。それで、いつ熊本に来るとね」

「明後日ですよ。それで……、オモニ、実は……、紹介したい人がおって……」

「なんね、誰ね、そん人は」

「いや、いや、たいしたことでは……」

「人ば紹介することがたいしたことではなかとね」

「いや、そんな意味じゃ……。とにかく明後日、紹介したいと思う人がおるけん、会ってはいよ」

わたしから突然、人を紹介したいと告げられた母の怪訝《けげん》そうな顔が目に浮かぶようだった。

「あんた、明後日、テツオが帰ってくるてばい。そいでわたしらに誰か人ば紹介するてばい。どがん風向きで、テツオがそがんこつば言いよったとだろか」

「テツオが人ば紹介するてか。どこの誰だろか。男か女か、わかっとっとか」

「いいや、わからんとよ。ばってん、あわてとったけん、もしかしたら、女性かもしれんね」

「うーん、とにかく明後日になればわかるたい」

二日後の夜、熊本市の中心街には踊りの行列が繰り出し、街は人また人で芋を洗うような賑《にぎ》わいをみせていた。そこかしこから威勢のいいかけ声が聞こえ、笛や太鼓、三味線の音色が夏の夜空に響きわたっていた。

わたしは父と母を市内の大通りからアーケード街に少し入ったところにある割烹《かっぽう》料理店に案内した。二階の個室にふたりを案内すると、マリコは緊張した面持ちで正座していた。紺の生地に白の牡丹《ぼたん》の花模様が鮮やかなワンピースにショートカットの髪。耳元で白く大きなボタンのようなイヤリングが、薄明かりの中まぶしく輝いていた。そのぱっと明るい装いとは裏腹に、彼女はいささか緊張し、不安な面持ちで父と母に向き合った。

頭が畳に触れるほど深々とお辞儀をし、姓名を名乗って型通りの挨拶をしたが、マリコの声は上擦り、ひとつひとつの言葉がぎこちなく泳いでいる感じだった。

「テツオの母です。よう来《き》なはった。どうぞよろしくね」

父は軽く目で会釈すると、ややそっけない挨拶を返した。気まずい空気が流れ、わたしは思わず媚《こ》びたような薄笑いでその場を取り繕おうとしたが、言葉が詰まってしまった。

「アボジ、オモニ、あの、その、紹介します。マリちゃんは、埼玉県の熊谷《くまがや》というところで育って、それからシチズンという時計の会社に勤めて、それから、えーっと……」

静かな座敷に外のざわめきが流れ込み、しばらくの間、気まずい沈黙が続いた。

わたしは意を決したように、再び口を開いた。

「アボジ、オモニ、今度、お世話になっている藤原先生の計らいで、ドイツ留学が決まりそうなんです。日本にいても、すぐに就職が決まりそうにもないし、いっそのこと一、二年、留学してそれから博士論文を出せばいいと、先生から助言をもらって、思い切ってそうしようと決めました」

「うん、そんことは、この間、東京に行ったついでに藤原先生からわしも聞いたことがあるた。オモニもテツオがそがんしたかて言うなら、そうするたいと言いよるけんね。ばってん、そんことと、えーっとマリコさんていうたかね、この女性《ひと》とどがん関係があったとか」

「アボジ、オモニ、留学すれば、二年近くは日本にいないことになるでしょう……、思い切って言います、マリちゃんと将来の約束をして、帰ったら一緒になりたいんです」

父も母も、マリコに会ったときから予想していたこととはいえ、息子の唐突な言い分に、少々、当惑し、半ば怒りの混じったような失望感を露《あら》わにした。

しらけた空気が流れ、父は黙りこくり、母は落胆の色を隠そうとはしなかった。傍らのマリコは、じっと畳を見つめたままだった。わたしはつかえたものを吐き出したいような気がしたが、芳《かんば》しくない反応に押し黙るしかなかった。

やがて母が口を開いた。

「マリコさんていうたかね。ほんなこつこがん遠かところまでよう来なはった。わたしらは、息子が選んだ女性だけん、なぁーも言うことはなかよ。ばってん、日本人と韓国人が一緒になってよーなった例がほとんどなかとたい。自分たちの身内にもそれで随分、苦労した人がいるとよ。だけん、わたしらは、マリコさんのことをどうのこうのと言うつもりは全然なかばってん、チョーセン人とニホン人の間には、惚《ほ》れた腫れたではすまんことがあるとたい。わたしらは学はなかばってん、経験でよー知っとるけん」

父は、母の話に頷《うなず》きながら、ただ黙々と箸を動かして目の前の料理を口に運び、半ばとりつく島のないような素振りを見せた。目元にはうっすらと涙の粒のようなものが光っている。

「わかっとるたい。わかっとるよ。ばってん、マリちゃんと俺は、それでも一緒にやっていくつもりでいると。熊谷のお父さん、お母さんも賛成してくれたとだけん」

「熊谷のお父さん、お母さん」というわたしの馴《な》れ馴《な》れしい言い方に、母は自分たちの知らぬ間に多くのことが進んでいるのではないかと疑っていた。それには強い反発を覚えながらも、必死に取り繕おうとする息子がいじらしく思えてならなかった。

「お父さん、お母さん、わたしも真剣にテツオさんのことを慕っています。チョーセンとニホンの間にいろいろなわだかまりがあることは知っているつもりです。でも、わたしはずっとテツオさんと一緒にいたいんです。どうかよろしくお願いします」

マリコの声は、半ば涙声になり、潤んだ目には哀願するような切ない思いが表れていた。一方、その場のすべてが既視感に溢《あふ》れているようで、父と母は奇妙な感覚に襲われていた。まるで過去の出来事が、いまここでそっくりそのまま再現されているようだった。

あの時も、叔父テソンが将来の妻と決めたイルボンサラム（日本人）の女性を連れてきて、同じような台詞《せりふ》を述べ、女性も必死に涙声で訴えていた。父と母は、言葉は交わさなくとも、期せずして同じ記憶の糸をたぐり寄せていたのである。

父と母の口からは深い溜息《ためいき》が漏れ、わたしとマリコは困惑し、半ば失望の色を隠せなかった。とりわけ、マリコは落胆したようにうな垂れたままだった。

何とか座がさめないようにという苦肉の策だったのか、わたしは思わず、自分でも考えてもみなかった提案を口走ってしまった。

「アボジ、オモニ、わかりました。二年の間離れていても、ふたりの思いが変わらないなら、一緒になることを祝ってくれませんか。もし離れていて、気持ちも離れていくなら、ふたりの思いはそんな程度のことなのだし……、その時は別れるようにします」

わたしは居ずまいを正すようにしてマリコの方に体を向け、

「マリちゃん、二年経《た》ってふたりの気持ちが離れているなら、仕方がないね。でも、決してそんなことはないと確信しているよ」

と告げた。マリコも大きく頷きながら、相づちを打つ素振りをした。

「…………」

父と母は、しばらくじっと考え込んでいるようだった。そして母が重い口を開いた。

「テツオ、わかったばい、お前の決心がよーわかった。アボジも、オモニも、お前が好きなら、どこん女性《ひと》でもよかと。それこそ、黒でも白でも黄色でも、どんな肌の女性でもよかとたい。ばってん、イルボンサラム（日本人）とハングッサラム（韓国人）との間には、これまで言うに言われんいわれがあったと。若かひとたちが、それば引き摺《ず》って不幸になるのが辛《つら》かとたい。マリコさん、どうかそこんところばわかってね」

父は、テソンのことを思い起こしているのか、目元にうっすらと涙を浮かべながら母の話にいちいち頷いている。マリコは、ハンカチで目頭を押さえ、涙を拭っている。

「さぁー、せっかくのご馳走《ちそう》たい。食べよう、もったいなかばい」

母の突き抜けたような言葉で、緊張がほぐれ、座はやっと和やかになった。

「なんとかなる、なんとか」

わたしは自分に言い聞かせるように独《ひと》り呟《つぶや》いていた。

辛い時、苦しい時、悲しい時、いつも母が自分に言い聞かせていた言葉を、母に思い起こして欲しいという気持ちでいっぱいだった。

ただ、わたしが手の届かない遠い世界に旅立ち、同じ屋根の下にいるマサオと母の衝突も相変わらずだった。ふたりの息子が、まるで羽化して飛び立つように自分の許から離れようとしていた。それが、息子たちの独り立ちの証《あかし》だとわかってはいても、取り残されていくようなわびしさが母を苛《さいな》んだ。

二十二　岩本の死

それでも、時間の感覚を甦《よみがえ》らせるような慶事が続いた。マサオの妻、スンジャに年子の兄弟が誕生したのだ。丸々と風船のように膨らんだ利かん気な顔の長男と色白で女の子のように柔和な顔の二男。

母はかいがいしくふたりの孫の世話をして、子守りに日がな一日を費やすことが多くなり、商売から遠ざかるようになった。父もまた、野外で廃品の整理にせわしく動き回りながらも、ひまを見つけては、ふたりの孫をあやすのに余念がなかった。

そしてまるで自分の孫のようにふたりの赤子の世話を何くれとなく焼くようになったのは、岩本だった。

「ほんなこつ、むぞらしかね。よし、よし、そがん泣かんでよかたい。ぶるぶるばー、ぶるぶるばー」

日焼けした顔がくちゃくちゃになるほど笑みをこぼし、いくつか歯の抜けた口元がほころんだ。細身の体ながら、弾力があり、鋼のように剛健だった岩本も、老いには勝てなかった。

しかも、不運なことに、顔面神経痛に悩まされ、顔面の右側が引きつり、右眼の周辺や上あごに疼痛《とうつう》が走る発作を起こすようになった。タテにひしゃげたような顔は、見る者の哀れを誘った。

気位の高い岩本にとって、自分に向けられる哀れみの交じった同情は、耐え難かった。そのせいか、ほとんど外に出歩くこともなく、夕食を終えると、そそくさと自分の部屋に引っ込んでしまうようになった。父や母、マサオ夫婦が、岩本の痛々しい様子を気遣えば気遣うほど、岩本は居た堪《たま》れない気持ちになるのだった。

老いていく我が身を残骸のように感じていた岩本にとって、せめて故郷に帰り、一人娘の家族とひとときを過ごすことが、残された唯一の希望だった。しかし、家族の消息はわからないまま、望郷の念は空《むな》しく募るばかりだった。

岩本が、父や母の孫たちに寄せた深い慈しみの情には、そうした満たされない思いがこめられていた。きっと自分にもこんな孫ができているはずだ、そうに違いない。その孫たちをあやすことができたらどんなに幸せな気分に浸れたことか。こんな悔恨の思いからか、岩本は父や母の孫たちにことのほか愛情を注いだ。

ただ、岩本は、自分の身の置き所がなくなりつつあることに気づいていた。我が家には跡継ぎができ、孫がふたりも生まれ、仕事では機械化が進み、もはや岩本がしてきた生身の身体を酷使するような労働の出番はなくなりつつあった。自分が、血を分けた兄弟のように思われ、第二の父親のように慕われていても、いや、そうだからこそ、老醜を晒《さら》すような我が身が疎ましかったのである。

人知れず、煩悶《はんもん》と悔恨の日々を送っていた岩本は、まるで自分を激しく苛《さいな》むように、それまで以上に不眠不休で働き続けるようになった。みんなが休むように声をかけても、それを振り切るように岩本は、雨の日も風の日も、外での仕事に黙々と打ち込んだ。

「あんた、おっさんがどうも変よ。近頃は、ほとんど口もきかんようになって、朝早くから外で仕事ばしよるとよ。休みなっせ、休みなっせて何度言っても聞かんと」

「うん、俺も気になっとったけん、岩本に休めて言うたばってん、生返事ばするだけたい。体ばこわさんか心配ばい」

「おっさんも、あんたと同じでもっこすだけんね。自分でこうと決めたら、なかなか他人の言うことば聞かんけん」

母が危惧していたとおり不安は的中し、岩本に取り返しのつかない厄災が降りかかることになった。

残暑も一段落し、涼しい風が秋の気配を感じさせる日々が続いていたが、その日だけは早朝から夏にもどったような陽気だった。立田山の頂から顔を出した太陽がまぶしいばかりの光を段ボールが積み上げられた倉庫に降り注いでいた。その暗い影になったところで涼を取りながら、銜《くわ》えタバコで廃材の一部を焼却していた岩本が、突然、積み木が崩れ落ちるように倒れたのである。

ドスンという音に気がついたマサオが怪訝《けげん》に思って倉庫の近くに駆け寄ると、そこには仰向《あおむ》けになったまま微《かす》かに口を動かしている岩本がいた。

「おっさーん、おっさーん、大丈夫ね、大丈夫ね。しっかりしてはいよ」

マサオが岩本を抱きかかえると、その体はぐったりと力なく垂れ下がった。

「大変ばい。大変ばい。おっさんが大変なことになった。早よ、早よ、救急車ば呼ばんか。早よ、早よ、呼ばんか」

時ならぬマサオの怒鳴るような声に、みんなが飛び起きてきた。抱きかかえられた岩本が、最後の力を振り絞るようにしきりに手を動かしている。それは、まるで「もういい、もういいから。俺のことは放っておけ」としきりに訴えているようだった。すでにこの時、岩本は脳内出血で、急激な意識障害が進行しつつあった。岩本の顔には深い憂愁の影が差していた。

＊

わたしが、集中治療室に駆けつけてみると、岩本は酸素マスクをつけたまま、うつろな表情で仰向けに横たわっていた。せめて意識のあるうちにマリコに岩本を紹介したかった。悔悟《かいご》の念が募った。わたしはマリコを呼び寄せ、ふたりで一週間余り、岩本を看病し続けた。夜は、わたしだけが病院の廊下の片隅に寝泊まりし、マリコは朝早く我が家から通ってくれた。

ふたりで、やせ細った岩本の足を代わる代わる揉《も》みほぐし、声をかけ続けた。

「おっちゃん、おっちゃん、テツオですよ。ここにマリちゃんがいます。ふたりはいろんなことがあって、一緒になることに決めたんですよ。おっちゃんにそれを知らせたかった……」

しかし、岩本の足裏はむくみ、温《ぬく》もりが急速に失われていくのがわかった。

「おっちゃん、苦労しましたね、日本に流れてきて、本当に苦労しましたね。おっちゃんにどんなにかわいがってもらったことか……。おっちゃん……」

「ねぇー、見て、おじさん、いま、涙を流したのよ、見て、見て」

マリコの慌てた声に促されて岩本の顔を見ると、目元にうっすらと涙のようなものがきらりと光ったような気がした。そしてどこか笑っているような表情に見えたのである。

「意識があっとじゃなかろか、きっとそがんばい。医者ば呼ばんと、早く医者ば呼ばんと」

わたしたちの訴えも虚《むな》しく、駆けつけた医者は、そんなバカなことがあるものかという素振りで、岩本の瞳孔などに光を当て、もはや助かる見込みはないと言いたげだった。

「なんば言いよっと。担当の医者はどこにおっと。あなたは、担当医じゃないはずだ。担当医を呼んでくれないか」

我を忘れたようにわたしは声を荒らげた。

しばらくして、担当医が、役員の子女の結婚式に出席していることがわかると、わたしは思いの丈をぶちまけた。

「あんたらは、ここにおる患者たちば四六時中、看《み》とっとだけん、どがしこ大変なこつか、わかっとる。ばってん、お願いだけん、死んでいく者《もん》に、尊厳ば与えてやってはいよ……、お願いだけん」

後は言葉にならなかった。そしてマリコも、泣きながら、哀願している。

だが、時は残酷だった。岩本の病状は確実に死に向かって悪化していく一方だった。やがて最期の秋《とき》を迎えようとしていた。

岩本の口から全身のすべての精気を押し出すようにフーッと深い息が吐き出され、静寂の中に長い尾を引いて消えていった。同時にそれまで張り詰めたように天井を向いていた顔が、突然力を失ったようにコックリと横に倒れた。口元からわずかにはみ出したヤニだらけの歯が、わたしの目に留まった。
父の激しい嗚咽《おえつ》の声が静寂を破り、部屋中に響き渡った。全身を震わせて号泣する父にとりすがってわたしも泣き崩れた。

「うぉー、うぉー、うぉぉぉー、イワモト、イワモトー……」

「アボジ、アボジ、アボジー……」

ふたりは、言葉が見つからなかった。ただ、ひたすら泣き続けるだけだった。涙を拭おうと、ふと顔を上げると、小刻みに震えるように点滅する蛍光灯に翅《はね》を広げて止まっている大きな蛾《が》が見えた。それが突然、ひらひらと舞うように夜陰の静けさを映し出した窓ガラスに飛び移り、また翅を水平に広げたまま、じっと辺りを窺《うかが》っている。
やがて看護師が病室に充満した重たい空気を外に放とうと窓を開けた瞬間、まるでその時をねらっていたかのように、蛾は微かに細かな粉のようなものを撒《ま》き散らして夜の闇に消えていった。その一部始終をじっと見つめていたわたしには、幽《かす》かな光のようなものが見えた気がした。

岩本の亡骸《なきがら》が家に帰って来ると、母は柩《ひつぎ》にすがりつき、右手で胸を叩《たた》きながら、泣き崩れた。

「アイゴー、アイゴー、おっさん、おっさん、かわいそうなおっさん、故郷にも還《かえ》れずに、こんな姿になるなんて……。どうして、どうして、こんなことに……」

身を捩《よじ》るような激しい慟哭《どうこく》がやがてすすり泣きに変わると、母はぼそぼそと自分に聞かせるように小さな声で歌いだした。

「夏も近づく八十八夜　野にも山にも若葉が茂る……」

母の脳裏に遠い悲しい記憶が甦り、我を忘れた幼子のように母は何度も「茶摘」の歌を歌い続けた。

葬儀は、決して盛大ではなかったが、それでも岩本を慕う出入りの業者や屑拾《くずひろ》いの面々が駆けつけてくれた。

「永野さん、表に『李相寿葬儀』て書いてあったけん、もしかして間違えとるかもしれんと思とったばってん、岩本のおっさんのこつだったとですね」

妻子を捨て、恋仲になった女性と駆け落ちしながら、その女性ともすったもんだの喧《けん》嘩《か》沙汰が絶えず、いつも岩本のとりなしで縒《よ》りをもどしていた田原が、腑《ふ》に落ちなそうな顔で父に尋ねた。

「そがんた。岩本は、『り・そうじゅ』というとたい。『り・そうじゅ』、『イ・サンス』が岩本たい」

父はまるで自分に言い聞かせるような呟《つぶや》きで応えると、唇を噛《か》みしめながら、遠い記憶をたぐり寄せているようだった。

望郷の念に駆られながら、失郷者として事切れた岩本。父は、自分の分身のような岩本の境遇が哀れで仕方がなかった。喜怒哀楽を内に秘め、ただひたすら苛《か》酷《こく》な仕打ちを運命のように引き受けて果てた岩本は、父にとって自分の似姿そのものだったのだ。岩本を「イ・サンス」として故郷の山河にもどしてあげたい。それが父にとってせめてもの供養のように思われた。

「岩本、いやイ・サンス、もうなーんの心配もいらん。キョウコさんたちのところにもどって行けばよか。お前もほんなこつ苦労ばした。その分、きっとあの世じゃ、報われるに違いなか。待っとってくれ。俺もいつかそこに行くけん」

神経痛で屈伸が不自由になった右膝をかばうように正座すると、父は淡々と葬儀の辞を締めくくった。

そして出棺の前、母は門前にゴザを敷き、小さな祭壇を設《しつら》えると、そこに「イ・サンス」の位牌《いはい》を置いて果物などの供え物をして、甲高《かんだか》い声でお祈りの言葉を唱えだした。その呪文のような言葉が辺りに響くと、参列者のみんなが奇異の眼差《まなざ》しで母の仕草をじっと見つめていた。

しかし、一心不乱に死者を弔おうとする母の、悲しくも健気《けなげ》な姿は、どこかしら神々《こうごう》しく見えた。最初、ぎょっとして固唾《かたず》を呑《の》んで見守っていたマサオもわたしも、母の全身から光の汗が飛び散っているようで、何かしら粛然《しゆくぜん》とした気持ちになった。そこには、ひたすら死者を弔おうとする巫女《ムダン》のような母がいた。

二十三　父の死

岩本がいなくなってからというもの、母は何かにつけて父とふたりで行動するようになった。

「あんた、マサオも四人の子供ができて、ほんなこつ、幸せばい。スンジャがようやってくれるけん。体は小さかばってん、働きもんで、よう気がつくようなったけん。ばってん、マサオもスンジャも、わたしらの時代のことは全然わからんけん。あの時代のことは、わたしらでなかならわからんと。ばってん、時代が変われば、人も変わっていくとだけん、仕方んなかね。岩本のおっさんも亡くなって、あの頃のことばわかる人が段々、いなくなってしもて……」

母の、心なしか沈んだような口調には、自分たちの時代が過ぎ去っていくことへの哀惜の念があらわれていた。その過ぎ去っていった歳月への郷愁が強ければ強いほど、それを理屈なしに分かち合える父がこれまで以上に特別な存在に思えてならなかった。

「そがんね、ほんなこつそがんばい。岩本もおらんし、春日のみんなも散り散りばらばらになって、どこに行ったかわからんごつなったし……。もう亡くなっとっとも多かろ。ヤマ（万日山）には、もうハングッサラム（韓国人）はおらんてね。時代が変わっていくけん、仕方がなか。もうわしらの時代じゃなかけん」

ふーっとタバコの烟《けむり》を吐き出しながら、父は感慨深そうに少し目を閉じた。

「ばってん、子供たちも何とか一人前になっていくごたるし、孫もできて、わたしらは幸せかもね……。マリコさんも、二年もようテツオば待っとってくれた。偉かよ、あん娘《こ》は。テツオが義弟《おとうと》と同じごつになったら、どがんしようかと思っとったばってん、テツオたちは、あがんことにはならんごたる。それに、ナオヒロはほんなこつむぞらしかし、テツオの小さい頃にそっくりたい。明日は、テツオたちがナオヒロば連れて来るとよ。あんたの誕生祝いにわざわざみんなで来るてたい。昔から、七十歳をコキ（古稀）ていうてばい。どがん意味かわからんばってん、めでたかてたい。マサオたちも一緒だけん、ほんなこつ賑《にぎ》やかになるばい」

真新しい中華料理店の一室を独占しての父の誕生祝いは、子供たちの歓声も交じって、弾《はじ》けんばかりの笑い声で始まった。父は珍しく紹興酒《しょうこうしゅ》を嘗《な》めるように呑《の》みながら、集まった息子たちや孫たちの顔をしげしげと眺めては、上機嫌だった。母も、父の顔がほころんでくる様子を眺め、何かしら達成感のようなものを感じているようだった。

そろそろお開きにしようかと母がマサオに目配せをする頃合いを見計らったように父が口をきった。

「みんな、今日はありがとな。マサオもテツオも、スンジャもマリコも、それに子供たちも、こんなにみんなが集まってくれて、うれしかったばい」

わずかばかりの酒で上気しながらも、はにかんだ笑いを押し殺すようにぼそぼそと話し始めた父の顔には、これまでの労苦が報われたという安堵《あんど》の色がにじんでいた。母もまた同じ思いだった。

ただ、話が終わりに近づくと、父は消化が芳《かんば》しくないのか、しきりにみぞおちの辺りを撫《な》でるような仕草をした。

「あんた、少しお腹《なか》が悪かと。何か気分がようなかとじゃなかね。呑み慣れとらんけん、酔いが回ったとじゃなかね。お茶ば飲んでむこうで少し横になるたい」

「うーん、そがんね。ちょっと横になるかね」

子供たちは、そんな父の様子などお構いなしに、時おり歓声を上げては、ご馳走《ちそう》を頬張るのに余念がないようだった。

「テツオ、すまんばってん、アボジを済生会病院まで連れて行ってくれんね。アボジがこがんなるとは珍しかけん。兄さんは、夕方から問屋の集まりがあるてたい」

「テツオ、すまんばってん、頼むね」

母とマサオに頼まれて、わたしはマリコとナオヒロを残し、父と一緒に病院に行くことになった。病院嫌いの父ではあったが、あっさりと母の言うことに従った。

診察室に父が入って優に二時間は経過しただろうか。医師がわたしを呼び、父の様子について深刻な顔をしながら説明しだした。わたしはただならぬ気配に、いやな予感を覚えた。

「残念です。お父さんにはかなり進行した悪性腫瘍《しゅよう》が見られます。膵臓《すいぞう》の腫瘍です」

「先生……、ガンではないでしょうね」

「……言いにくいのですが、隠しても仕方ありませんから、ご家族には率直にお話しします。ご推察の通り、膵臓ガンです。ガンが他の臓器にも転移し、本人もかなりきつかったのではないでしょうか。ご承知のように、膵臓という臓器は、お腹のずっと奥の方にあって、ガンになってもなかなか見つかりにくく、特有な症状があるわけではありません。でも、お父さんの場合、浸潤《しんじゅん》がかなり進んで、十二指腸の一部や胃の一部、さらに脾臓《ひぞう》の一部にも転移していますし、胆管《たんかん》が塞がって、もう黄疸《おうだん》症状が出ています。きっと腰やみぞおちが痛かったはずで、我慢強いのか、ずっと耐えてきたようですね」

「それで、それで、どうなるんですか、父は」

わたしは急に渇きを覚え、鼓動が速くなるのがわかった。医者が、最悪の事態とは違った返事をしてくれるよう祈るような気持ちで待った。

気まずい沈黙が続いた後、医者は意を決したように口を開いた。

「ハッキリ言いますね。妙な期待を抱かれるのもお気の毒ですから。どうか落ち着いて聞いて下さい。もしこのままでいけば、お父さんは余命半年から一年だと思います。すぐに膵臓だけでなく、転移した部位まで摘出した場合、手術がうまくいけば、もう少しましなはずです。ただし、全体としてどのくらい転移し、広がっているのか、開腹してみないとわかりませんが。いずれにしても、わたしとしては、できるだけ早く、摘出手術をした方がいいと思います。幸い、お父さんはお歳《とし》のわりには体力がありそうですから、少なくとも現状よりはよくなる可能性があると思います。もちろん、あくまで可能性です」

「わ、わかりました。家族とも相談し、そして父の意向を確かめてみます」

わたしはそう答えるのが精一杯だった。

「何ということだ。岩本のおじさんが亡くなって一年も経《た》たないのに、今度はアボジが……。オモニにはどう話を切り出したらいいものか」

わたしの中に暗い予感が走った。静かにベッドに横たわっている父の様子を確かめると、そそくさと家に戻った。

＊

わたしの話を聞くなり、母はすっと立って神棚に向かい、手を合わせながら、しきりに呪文のような言葉を唱えている。いつしか涙声になった祈りの言葉は、真夜中まで止むことはなかった。早朝、まんじりともせず夜を明かした母は、何かに憑依《ひょうい》されたような面持ちでマサオとわたしに自分の決意を語った。

「よう聞きなっせ。オモニは、今日アボジに会って手術ば勧めてみる。生まるるときもひとり。死ぬときもひとりたい。アボジはきっとやるだけのことばしたかに違いなか。オモニも、やるだけのことはやるけん。よかね、みんなも」

膵臓をはじめ、そのまわりの臓器の一部を摘出することになった手術は、六時間に及ぶ長丁場だった。その間、母は白のチマ・チョゴリに身を包んでずっと八景水谷《はけのみや》の祠《ほこら》で祈り続けた。苦しいとき、悲しいとき、死にそうなとき、母は一心不乱に呪文のような言葉を何度も反芻《はんすう》しながら、祖霊に助けを求めようとした。

今度もその甲斐《かい》あってか、手術は無事に終わった。そして術後の恢復《かいふく》もさほどの困難なく進んでいきそうだった。ただ、さすがにみぞおち近くの臓器がかなり空洞になったためか、父の体は一挙に萎《しぼ》んで小さくなったようだった。とぼとぼとした歩みに、話すのも億劫《おっくう》そうだった。そして父の顔からは張り詰めた表情が消え失《う》せ、ただ虚《うつ》ろな表情だけが貼り付いているようだった。父の命は確実に終わりに近づこうとしていたのである。

父の術後からはじめての夏、普賢岳を遠望できる天草の小さな漁村の山あいの空き地に小さな海の家が完成した。父の保養所として母がマサオにせかせて造らせたものだった。海の見える丘で暮らしたいというのが、父の長年の夢だったのだ。その完成を祝って、わたしの家族も「里帰り」し、賑やかにひと夏を過ごすことを楽しみにしていた。ただ、肝心の主《あるじ》となるはずの父が、身動きできなくなり、母とわたし、そして妻が家に残り、父の面倒を看《み》ることになった。マサオの家族はみんな天草の海の家に出かけ、またわたしの子供たちも嬉々《きき》として従兄弟《いとこ》たちと一緒に出かけていった。

そして偶《たま》さか母と妻が近所に買い物に出かけた時、父に異変が起きたのである。

「うー、うー、テツオ、水をくれんか、水を……」

呻《うめ》くような父の声に、わたしは不吉な予感を覚えながら、冷蔵庫のミネラル・ウォーターを差し出した。夏でも熱いお茶しか飲まない父が、そのときばかりはごっくん、ごっくんと何度も咽《のど》を鳴らしながら、水を流し込むように飲み干したのである。

「痛かねぇー、痛かねぇー、痛かばい」

針の筵《むしろ》に座っても弱音を吐かないような父が、はじめて「痛い」と顔をしかめながら、呟《つぶや》いたのである。その痛みが尋常でないことは間違いなかった。

「アボジ、大丈夫ですか、大丈夫ですか」

父の背中をさすりながら、大声で話しかけたが、ほとんど反応らしきものがなくなりつつあった。やがて父の目が裏返るように白目に変わり、だらりとわたしの腕に体を預けるように横になった。父は意識が混濁し、もはや息をするのも困難になっていたのである。病室に担ぎ込まれた父の哀れな姿に母の顔色が見る見る蒼白《そうはく》に変わっていくのがわかった。

「オモニ、オモニ、アボジが……」

わたしの言葉にならない声に微《かす》かに頷《うなず》きながらも、母はきりっと唇を結んだまま、父をじっと見つめていた。そして一言、

「あんた、ようがんばったねぇ」

と、ぽつりと呟くと押し黙ったまま、ひたすら父の手のひらを握りしめた。

病室は静まりかえり、痰《たん》の吸引器の音だけが呻き声のように響き渡っていた。家族の皆が、これから迎えるに違いない悲劇を予感しながら、父の顔をじっと見つめていた。やがて父の頸《くび》から力が抜け、顔がだらんと横に向くと、口元からチューブが勢いよく跳ねるように外れた。

薄明かりに照らされた父の顔には、すべてのものから解放されたような安堵感が漂っ

ていた。ただ、端整な口元は少し腫れ上がり、上唇からは血が滲《にじ》んでいた。

マサオもわたしも、我を忘れて号泣するだけだった。

「ア、アボジー、アボジー、アボジー」

だが、母は無言のまま、両手をそっと差し伸べ父の頬を何度も何度も撫で回した。そして自分の頬を父の頬にやさしく押し付けると、じっと瞑想《めいそう》するように目を閉じたまま、動こうとしなかった。誰も母に声をかけられず、父から離れようとしない母をそのまま見守るしかなかった。

父の葬儀は、盛大だった。かつてのヤマの仲間や近所の人々、取引先や出入りの業者、仲買人など、多くの人々が参列し、父の死を悼んだ。

「オヤジさんはいつも言いよんなはったけん。ヒトは生まるる時も、死ぬる時も裸のまたい、て。ほんなこつ、オヤジさんはいつもすーっと伸びた松の木のごたる人だった。オヤジさんのおかげでわしらも仕事ばすることができたとだけん。わしんごたる病人がこがん長生きして、オヤジさんが先に逝《ゆ》くてちゃ、ほんなこつ信じられんばい」

ハンセン病で数十年にわたって恵楓園《けいふうえん》暮らしが続いた金子さんが、母をいたわるように声をかけた。そうしたお悔やみの言葉を聞くたびに、母は静かに頷き、相手の手をしっかりと握りしめた。

やがて出棺の時がやって来た。誰もが一年前の、岩本の時のことを思い起こしていた。あの日も、抜けるような秋晴れと汗ばむような暖かさだった。わずか一日だけ違《たが》えて、同じ月に岩本と同じく父もみんなに見送られることになったのだ。

たくさんの参列者が見守るなか、あの時と同じように、母は門前にゴザを敷き、祭壇を設けた。そこに「カン・デウ」の位牌《いはい》を置いて供え物をすると、静かに透き通るような声でお祈りの言葉を唱え始めた。

その声は、地の底から湧き起こるような悲しみの声にも聞こえ、また天使の溜息《ためいき》のようにも聞こえた。その不思議な祈りの言葉に打たれたように、誰もが身じろぎもせず、じっと母の「とむらいの儀式」を見つめていた。

火葬場で炉の中に柩《ひつぎ》を入れ、最後に扉を閉じるその瞬間、下関の巫女《ムダン》の跡を継いだ息子が、突然、数珠《じゅず》を握りしめた手を大きく振り下ろしながら、「うーん、やぁー」と声を張り上げ、棺を見送った。それは、この世への執着を断ち切ってあの世へ旅立つよう、故人の決断を促しているかのようだった。

傍らの母は、父に向かって呟くように語りかけていた。

「あんた、ありがと、ありがと、あんた。幸せだったばい、ありがと、ありがとね……」

大粒の涙がポロポロとこぼれ、母の足元にポツリポツリと滴となって落ちた。

二十四　春の海で

父が亡くなってからというもの、母はほとんど誰とも口を利こうとしなくなった。心が結ぼれて、外からの刺戟《しげき》にもほとんど反応しなくなった母の顔からは焦点のようなものが消えうせていた。ただ不安と悲しみの表情がのっぺりと貼り付いているようだった。そんな母の姿を見るのは生まれてはじめてのことだった。

「オモニ、今朝はオモニの好きな太刀魚《たちうお》の煮付けば作りましたよ。それに今日のアサリは身が引き締まってとても大きいですよ」

マサオの妻のスンジャが努めて明るく話しかけても、母はただ黙ってうつろな表情を見せるだけだった。母の好物を並べても、まるで砂を嚙《か》んでいるかのような味気ない素振りしか示さなかった。母が食卓にいると、その周りは凍てつき、孫たちも黙ってしまうほど重たい空気になった。マサオも取りつく島がなく、どうしたらいいのか、途方に暮れてしまった。

しかも、母は決まって正午には事務所に顔を出し、ずっと椅子に座ったまま、動こうとせず、日暮れまでその場所を占拠しようとした。そして時々思い出したように、突然、マサオに不安そうな顔で叫ぶように声をかけた。

「マサオ、そのことはアボジと相談せんと。早よ、アボジば呼びなっせ」

母が真顔でそう話す様子に、マサオは一瞬、息を吞《の》み、どうしたらいいのかわからなかった。しばらくして、「オモニ、心配せんでよかですよ、アボジはおらんばってん、俺がちゃーんと始末しておくけん」と、やっと答えた。

「あ、あ、そうたいね、アボジはおらんたいね。そがんね、そがんだったね」

何か重大な事実にあらためて気付いたように何度も頷《うなず》き、その後はまた貝のように黙ってしまうのだった。ひと頃のマサオならば、きっと母に小言のひとつも言ったかもしれない。

しかし、目の前にいる母は、夫を亡くし、ただ悲嘆に暮れるひとりの初老の「寡婦《かふ》」だった。子に恵まれ、孫に恵まれても、苦しみや悲しみを共に分かち合った夫に先立たれることは、身を引き裂かれるほど辛《つら》いことだった。彼にはその辛さのすべてがわかるわけではなかったが、余りの変わりように、母が哀れでならなかった。

それでも、母の憂鬱は、ますます深まっていくばかりだった。夜の明けぬうちに布団の上に正座し、ボソボソと独り言《ひとりごと》ちながら、時には薄笑いを浮かべ、かと思うと急に蒼《あお》ざめたように消沈してしまう母がいた。

母の感覚は日ごとに刃物のように研ぎ澄まされ、ほとんど寝付くことすらできなくなっていた。そして、もうこれ以上は耐えられそうになくなったある日、突然、母は寝入り、そのまま、三日三晩、大きないびきをかきながら眠り続けたのである。

＊

鎮海駅《チネ》を降りると、桜の花弁が細雪《ささめゆき》のように舞い降りて来た。やがてそれが桜吹雪になって母の視界を遮るほど乱れ飛んできた。駅前のなだらかな勾配の広場は降り積もった桜の花弁で埋め尽くされ、艶《なま》めかしい春の香りが漂っている。

うっとりとなりながらも、目を凝らして前を見ると、何と父と春男が手招きしながら母を呼んでいる。春男はもう大人になり、父よりもはるかに大きな上背の、凜々《りり》しい青年になっていた。だが顔を確かめようにも、どんな顔なのか、わからなかった。ただ、口を大きく開けて母を呼んでいることだけは間違いなかった。父もまた、ニコニコ笑いながら、母をしきりに呼んでいる。

「あんたー、ハルオー、そこに行くから待っててー」

母が声を嗄《か》らして呼びかけても、ふたりはただ手招きしながら母を呼んでいるだけだった。思い余って母が駆け寄ろうとすると、ふたりは互いに顔を見合わせ、ニッコリと含み笑いをしながら、母に背を向けて大通りをすーっと通り抜けて海の見える方向に歩いて行こうとした。

母が必死になってふたりに走り寄ろうとしても、距離はいっこうに縮まることはなかった。やがてふたりに案内されるように、母はあの行巌湾《ヘンアムマン》近くの栈橋の遠浅の海岸に辿《たど》り着いた。懐かしい潮の香りの記憶が甦《よみがえ》って来るようだった。

たまゆらに遠い記憶に浸っていると、父と春男は、すでに波打ち際で水遊びに興じていた。春男は、いつの間にか赤ん坊に変わり、父に抱かれてキャーキャーと笑っている。その光景をどこかで見た覚えがあると思っていると、砂浜には祖母が座り、遊びに興じるふたりをニコニコ笑いながら見つめている。

「オモニー、オモニー、どうしてここに……」

母が叫んでも、祖母にはまったく聞こえないようだった。母と三人は、またしても透明な被膜で遮られていた。母が何度も何度も三人の名を呼んでも三人はいっこうに振り向く気配がなかった。声が嗄れ、絞り出すような声がいっそうか細くなった頃、三人は一斉に母に顔を向け、「末永く、元気で」と笑いながら語りかけ、すーっと波間に消えていった。

「オモニ、オモニ、オモニ、大丈夫ですか、大丈夫ですか」

しきりに腕を揺すりながら呼びかける声がした。重たい二重《ふた》瞼《えまぶた》をやっとの思いで開いてみると、心配そうな顔つきのマサオとスンジャが見えた。

「どがんしたとだろか……。ハルモニとアボジとハルオがおったばってん。夢だったとね、あれは……。オモニはずーっと寝とったとだろか。どのくらい寝とったね」

「三日間も寝とったと。ほんなこつよー寝とったけん。オモニがもう目を覚まさんとじゃなかろかと心配したたい」

マサオがほっとした様子で話すと、母は何か狐《きつね》につままれたような顔をした。それでも、母には春の鎮海の海のことだけはハッキリと思い出された。そして意識はぼーっとしながらも、眠りこける以前とは違った、何か自分でもよくわからない気分になっていることだけは確かだった。そして母の中で、ある思いが形となりつつあった。

「行ってみよう、鎮海のあの海岸に。そうしたらまた夢でみんなに会えるかも」

もっとも、再び同じような夢を見ることができる保証など、どこにもなかった。それでも、鎮海の春の海を見ることができれば、それだけでいい。そんな思いが募っていくのだった。

＊

春になり、熊本にも桜の開花宣言が出される頃、母はいそいそと故郷に出かけて行った。今度は福岡から飛行機で釜山まで飛び、それからタクシーを拾って鎮海に行くことになっていた。はじめての里帰りからほぼ二十年の月日が流れていた。

釜山の金海《キメ》国際空港には母の弟のサンチョルが出迎えに来ていた。

「姉さん、すまない、義兄さんの葬儀に駆けつけられなくて。本当に申し訳ない。あんなにお世話になったのに。姉さんがどんなに悲しかったことか……。実は、妻のヨンシルが乳がんだとわかり、二年くらいしか生きられないと医者から言われたんですよ。あいつに苦労ばっかりかけて、申し訳なくて。だから少しの時間でも一緒にいてあげたいと思って……」

「そがんだったね。あの人もほんなこつ苦労ばしたねぇー。ほんなら、仕方なかたい。いまは、病院におると」

「ええ、去年から馬山《マサン》の大きな病院に移りました」

「それじゃ、またカネもかかるど。そがんこつがあると思って日本円で五十万ほど用意してきたたい。そのバッグば開けてごらん。うん、そこの明太子《メンテ》の土産物《みやげもの》の下の方に新聞紙でくるんだもんがあるど。そう、それたい。とっときなっせ。役に立つと思うけん」

「姉さん、申し訳ない……」

サンチョルは涙ぐみながら、母の手を握りしめた。

オリンピック景気の余波なのか、釜山から鎮海に向かう道路沿いは至るところ掘り返され、所によっては月面のように深く抉《えぐ》られた地表の間を夥《おびただ》しい数のトラックがひっきりなしに行き来していた。建設ラッシュで賑《にぎ》わう沿道にはあちこちに屋台や小さな食堂が並び、異様なほどの活況を呈していた。それでも、春の華やいだ空気は、所々に散在するのどかな田園風景を一層引き立てた。

やがて鎮海の海が見え、遠くに巨済島《コジェド》の島影が見える頃になると、道の両側にはヒノキに交じって古い桜の木が並び、やがて街中が桜におおわれているような風情を見せていた。街の中に桜があるのではなく、桜の森の中に鎮海の街があるようだった。

慶和《キヨンファ》駅に辿り着くと、母は車を降り、ひとり停車場に佇《たたず》んだ。単線の線路と並行して桜並木が続き、海から押し寄せてくるそよ風に煽《あお》られて花弁が道仏山《トブルサン》の方へと飛び散っていく。

目を閉じて犬のようにクンクンと潮の香りを確かめようとした。肺の中まで春の海を渡ってきた風が入り込んでくるようで心地がよかった。周りのすべてが、母の訪れを歓待しているようだった。母もまた、春の饗宴《きようえん》の中にいるようで浮き浮きした気持ちになれた。

ただ、慶和洞《キヨンファドン》の界隈《かいわい》は、かつての面影をとどめないほど変わり果てていた。小綺麗《こぎれい》な病院や商店が軒を並べ、小さな路地に身を寄せ合うように立ち並んでいた古い建物はほとんど姿を消していた。そして実家も付近の建物ごと取り壊され、更地となって駐車場に様変わりしていた。

「姉さん、この数年でこの辺りは急に変わってしまったんですよ。病院やらレストラン、食堂が建つようになって実家もなくなってしまいました。淋《さび》しいけれど、仕方ないですね」

「そがんね。仕方んなか。ばってん……」

後は言葉にならなかった。でも、思い出の一杯詰まった行巌湾の桟橋はまだ変わっていないはずだ。それを確かめるためにも、母は一時も早く遠浅の海岸を見たがった。夢に見たとおり、遠浅の海岸は少しも変わっていなかった。

岸辺には小さな漁船が数隻、もやい綱でつなぎ止められ、プカプカと気持ちよさそうに浮かんでいた。東の方の入り江には水産工場のような建物が見え、その脇から小さな展望台に至る小径《こみち》に沿って桜並木が続いていた。そしてそのずっと東には市街地の中心に位置する帝皇山《チエファンサン》公園の白い鎮海塔が見えた。

さらに海に目をやると、春うららの中、大小の汽船や漁船が曳航《えいこう》され、その先には巨済島の島々が遠望できた。波はほとんどなく、海は鏡の表面のように滑らかで、キラキラと輝いていた。すべてが母の夢に見たとおりだった。

ただ、ハルモニも父も春男もそこにはいなかった。それだけが心残りだった。だが、それでも鎮海の海は変わりなかった。母はフーッと息を吐き出すと、今度は春の海が運んでくる潮の香りを思いっきり吸い込んだ。

二十五　ふたつの声

桜の花弁が、頬を撫《な》でるそよ風に煽《あお》られて舞い落ちる坂道を、母はわたしの息子ナオヒロに後押しされながら一歩、一歩、登りつめていった。

「よいしょ、よいしょ、よいしょ……」

ナオヒロのかけ声に合わせるように、母もまた「うん、うん、汽車ぽっぽ、なんだ坂、こんな坂」と口ずさんでいる。

「ナオヒロ、そがんせかさんでよかよ。ハルモニがへばってしまうばい」

「アボジ（お父さん）、ハルモニは重くって、こっちがへとへとになっちゃうよ」

「ナオちゃん、そがんがんばらんでよかよ。ちょっとここらで休むたい」

振り返ると、坂の下の方で妻のマリコと娘のリカがさかんに手を振りながら叫んでいる。心が弾んでいるような楽しげな声だった。

「オモニー、リカー、早くおいでー」

ナオヒロが、声を張り上げて母娘を呼んでいる。

母とわたしと妻と子供たち。三つの世代が、桜並木の坂道を登っている。ただそれだけだった。でも、それだけで、心が洗われていくのがわかった。そして母もきっとそうだったに違いない。

汗ばんだ額を拭いながら、母は遠くを見やり、じっと目を凝らして何かを見つめているようだった。その視線を追うように、ナオヒロも遠くに目をやった。金峰山《きんぼうざん》が何かしゃべりたそうにくっきりと聳《そび》え立ち、その麓《ふもと》にのどかな田園風景が広がっている。

「ハルモニ、何を見ているの？　あの山を見ているの？　それともあの川？」

「ん、うん、そーねぇ、あの山のずっと向こうにあるハルモニの故郷の山を見とったとよ」

「そこは韓国なんでしょ？」

「うん、韓国のチネ（鎮海）というところたい」

「へぇー、チネというの。チネにも桜が咲くの？」

「もちろん、咲くとよ、たくさん」

「ここの桜とどっちがきれい？」

「んっ……、そうねぇー、どっちもきれいかよ、桜だけん」

「そう、どっちもきれいなの。僕も行ってみたいな、ハルモニの故郷に。えーっと……、チネっていったっけ、そこに行ってみたいな」

「うん、きっと行けるばい。ナオちゃんが大きくなったら。ばってん、その時までハルモニが生きとるかいね。うーん、そがんでん、よかよ、ハルモニはあそこに眠っとるけん、ナオちゃんがいつでも来てくれればよかけん」

母は、坂道を登りつめた辺りの、道から少し奥に入った疎《まば》らな茂みを指さしながら、独《ひと》り言《ご》つように言葉を継いだ。母の顔が一瞬、淋《さび》しげに曇ったが、すぐに明るさを取り戻した。

「テツオ、アボジの墓ばあそこに建てるごつなったばってん、どがんしたらよかろかね」

墓石に刻む名前をどうしたらいいのか、ずっと母は思案していたのだ。

「オモニ、アボジは亡くなったら墓は熊本でよかて言いよったけん、永野家の墓でよかとじゃなかね。裏に『本名』ば書いとけばよかよ。そがんすれば、ずっと後になっても、子供たちにもきっと、アボジたちが韓国から来たてわかるけん」

「うーん、そがんねぇー……。うん、それがよかね、それがよか。そがんしよう。アボジもきっとそれがよかて言ってくれるばい」

わたしの脳裏には留学中に訪れたハイデルベルクのユダヤ人の墓のことが焼き付いていた。樅《もみ》の木の陰にひっそりと佇《たたず》む小さな墓石の表にはドイツ語で亡くなった夫婦の名前と埋葬された顚末《てんまつ》が記されていた。「戦争によって別れ別れになり、亡くなって一緒になった」そして裏にはヘブライ文字でびっしりとふたりの来歴が刻み込まれていたのだ。

父と、そして母が、さらにいつかは兄やわたしが永遠の眠りにつく場所。その場所には、「永野」の文字が刻まれ、裏に回れば、朱色でくっきりと「姜」と「禹」の名前が浮かび上がってくる、そんな墓石がふさわしい。わたしにはそう思えてならなかった。

「あー、やっと追いついた。オモニは足腰が弱いと思っていたのに、どうしてどうして、わたしより元気ですよ」

妻が噴き出す汗を拭きながら、しきりに感心している。

「ほんとに、ハルモニは元気よ。わたしよりも元気かも」

娘のリカも半ばあきれたように母の顔をしげしげと眺めている。

「そがんでんなかよ。もうハルモニは歳《とし》たい。ばってん、こがんしてみんなと立田山に登れて、しあわせたい。春はほんなこつよかねえ。桜が咲いて……」

山の中腹にある広場の周りには下から吹き上げてくるそよ風に煽られて桜が細雪《ささめゆき》のように降り注いでいた。広場のあちこちから春の宴《うたげ》を楽しむ酔客たちの笑い声や歌声が聞こえてきた。

中腹からは熊本市内が一望できた。遠くにお城が見え、その後ろには花岡山の仏舎利塔が青空に映えている。その青空高く、うららかなひばりの声が聞こえた。みんなが、春の一日を惜しむように、眼下に広がる景色を眺めていた。

この時を最後に、五人が一緒に春の一日を楽しむことは二度となかった。そして今、母は父と一緒に永野家の墓に眠っている。

義姉のスンジャから小包が我が家に届いたのは、母の一周忌を終えてしばらく経《た》った頃だった。生前、母がわたしに声の便りを送りたいと、スンジャに頼んで吹き込んだテープがあることは、母から聞いていた。スンジャが母の一周忌で遺品を整理しているうちに偶《たま》さか見つけたらしい。

テープはふたつで、そのうちの、ひとつは古びて保存状態がいいようには見えなかった。もうひとつは比較的新しいテープのようだった。それぞれに「1980年元旦、テツオへ」と「2003年元旦、テツオへ」とメモ書き風のラベルが貼ってあった。どうやら、スンジャが母に頼まれて書いておいたらしい。

テープを回すと、雑音なのか息づかいなのかよくわからない音が部屋に響いた。急いで音量を絞ると、それは人の声になり、やがて母の声になった。

*

「テツオ、寒かろ、ドイツの冬は……。お前がドイツに行くて言うた時は、オモニは少し驚いたばってん、昔から『かわいい子には旅をさせろ』て言うけん、よかことたいと思とったたい。

でも、やっぱり心配せんわけじゃなかけんね。それでも、オモニはお前に手紙のひとつも書けん。ほんなこつ、字が書けんで、学のなかもんは、哀ればい。それにお前も、オモニに手紙ば書きたかと思ても、オモニが読めんけんね。

オモニはねぇー、昔から、お前とふたりだけの話ばしたかったとたい。ばってん、なかなかそがん機会もなかったし、お前は高校ば出て、すぐに東京に出ていってしもたけんね。

オモニは、小さか時から働くことばっかしでぜんぜん勉強もできんだったし、昔は女子《おなご》は勉強せんでよかと言われよったけんね。ばってん、オモニは世の中のことはいろいろ実地で勉強してきたけん。人のオモテもウラもわかっとるつもりたい。世の中にはよか人もおるし、悪か人もおる。情のある人もいれば、なか人もおる。お前よりも若い時に日本に来て、いろんな人ば見てきて、そがん思うようになったとたい。

そうばってん、どの人にも同じことは、カネが嫌いな人はおらんということたい。カネは、あるにこしたことはなか。でも、カネに汚かこつしちゃいかんけん。困った人がおるなら、カネは使わんと。カネは使わんと、増えんけんね。

テツオは、オモニよりはるかに勉強して、学もあるばってん、世間の本当の冷たか風にあたってきたわけじゃなかけん、人のオモテとウラがまだようわからんど。ばってん、ヨソの国で住めば、今まで以上にそこんところがわかるようになっとじゃなかね。

お前はいつも、ずーっと先のことばっかり見とるごたる。ばってん、足元も見らんと。そのふたつができれば、鬼に金棒たい——こがん時は鬼に金棒て言うとだろ。

ヨーロッパというところがどがんところか、オモニはさっぱりわからん。オモニやアボジにはわからん世界だろねぇー。今度帰ったら、お前が見てきたことばいろいろと話をしてくれんね。楽しみにしとるけん。アボジもどがんところか、一度行ってみたかて、言いよんなはるけん。オモニはもうー、最近じゃ、少し足も悪くなったけん、遠くには行けんど……。

それから、マリコさんのことばってん、ほんなこつ、ようお前のためにいろいろとやってくれとるごたるね。一年も遠く離れて、変わらんでお前のことばずっと思い続けとるけん。よか女性《ひと》たい、マリコさんは……。オモニは、ほんなこつは、日本人も韓国人も、どの国の人間でもよかと思とるとよ。

ただ、やっぱりアボジやオモニたちの時代のもんは、まだわだかまりがあっとたい。ばってん、もうそがんこつはこれからはなくなっていくとだろね。

テツオ、このテープばお前の義姉《ねえ》さんに頼んで送ってもらうけん、時間のある時に聞いてくれんね」

しっとりとした、しかし張りのある声だった。あまりにも生々しく、これが二十数年前の録音だとはとても思えなかった。そしてわたしは、二十年後の母のメッセージが託されたもうひとつのテープを、ふるえる指でカセットデッキに収めた。

「テツオ、お前が出した新しい本――『在日』ていう本ね、オモニは字が読めんけん、義姉さんに少し読んでもらったと。バカんごたるね、息子がオモニのことにも触れた本ばぜんぜん読めんで……。

お前がなしてこがん本ば出すようにしたのか、オモニにはうすうすわかっとったとよ。オモニが長く生きられんてわかっとったからじゃなかね。

二年前、お前の家に遊びに行って、そこで倒れて近くの病院に入院した時、オモニは医者の話から、そがん生きられんと思とったとよ。お前もそれがわかって本ば出したとじゃなかね。

オモニはそう思ったけん、こがんしてお前に声の便りば残しておこうと考えたとたい。

テツオ、もうオモニの大切な人たちはみんな逝ってしもて、だーれも残っとらん。岩本のおっさんも、お前の叔父さんも、そしてアボジも……。淋しかねぇー。

アボジがいなくなってから、ほんなこつオモニは淋しかったとよ。

ばってん、マサオとテツオがおるし、それに孫たちもいて、幸せかもしれんねぇー。アボジが、亡くなる前、まだ意識があった時、オモニに『ありがとな、ありがとな、末永く元気でな』と言ってくれたとよ。そん言葉がうれしくて……。オモニは、アボジがいなくなっても、アボジのところに行くまで、元気で生きんとと思い返したとたい。

ばってん、寿命があるけんね。もうそろそろじゃなかろか。だけん、お前に一言伝えておこうと思ったとたい。

テツオ、オモニは幸せだったばい。苦労もしたばってん、よか人たちに出会えて。ばってん、オモニが気違いて人から言われとった時は、淋しかったねぇー。でもオモニが、祖先ば大切にせんなら、誰がするかてぇ、そう思っていろいろ法事をやってきたと。ばってん、もうそがんこつはこれからの時代はなくなっていくだろね。オモニたちは、昔からの仕来《しきた》りば守ることで、何とか日本でも生きていけたと。もうこれからは、ニホンも、チョーセンもなか時代になると。

テツオ、お前はアボジやオモニが知らん世界ば教えてくれた。ようわからんばってん、そういう世界があることがわかったし、それだけでも字ば読めんオモニにはうれしかったとよ。テツオ、ありがと、ありがとねぇ――」

エピローグ

母がいなくなって三度目の春。わたしは、母の故郷の春の海を眺めたいと思い立った。街中を埋め尽くす桜の杜《もり》とあの遠浅の海岸から見えるのどかな春の海。その光景が、母そのもののように思えて、無性に訪ねてみたくなったのだ。

釜山に飛行機で降り立つのは、三十数年ぶりだった。あの時、眼下に広がる釜山の光景は、暗くくすんだ茶褐色の世界のように見えた。海の色も鉛色の空と同じようにどんよりと澱《よど》んでいた。すべてがグルーミーな雰囲気だった。

だが、その世界は一変していた。どこまでも青い空に柔らかく降り注ぐ陽光。その下には鮮やかな緑の海がキラキラと輝いていた。飛行機が大きく旋回しながら着陸態勢に入った時、目に飛び込んできた釜山の全景は、四方八方にニョキニョキと伸びる白い巨木のようだった。海岸沿いに、山あいに、そして平坦《へいたん》な街中に、夥《おびただ》しい数の高層ビルが高さを競うように突き出ている。

空港も、釜山の勢いを誇示するように国際ターミナルに変貌していた。灰色の小さな建物がうらぶれたイメージを与えたあの頃の空港は、真新しく小綺麗《こぎれい》なエアポートに変わっていた。

到着ロビーには日本からの旅行客を迎える観光業者やガイドが小さな案内板を手に鈴なりに待ち構えていた。あちこちで日本語が飛び交い、また時おり中国語やロシア語らしい言葉が聞こえてきた。笑い声と歓声で弾《はじ》けそうなロビーには、大きなガラス越しに春の光が降り注いでいた。

賑《にぎ》わうロビーの喧噪《けんそう》から逃れるように、わたしは空港の外に出ると、割り増し料金の模範タクシーを呼び止め、そそくさと目的地に直行することにした。

「チネエカゴシッポヨ（鎮海へ行きたいのです）」

「イエ（はい）」

模範タクシーにしてはそっけない返事だったが、いろいろと話しかけられるより気が楽だった。おしゃべりな運転手に気を遣うより、わたしは車窓の風景をただじっと見ていたかった。

釜山の中心から西へ、真新しい高速道路をタクシーはほとんど何の感動もないように疾走していく。

山の傾斜地に群がるようにこれでもかこれでもかと延々と高層アパートが続き、所々に新緑の木立が申し訳なさそうに点在していた。沿道にはガソリンスタンドやカーショップ、コンビニ風のレストランや小さな工場が立ち並び、九州のどの地方都市にも見られる風情と変わりなかった。標識や看板の文字を見なければ、いま熊本の郊外を走っていると錯覚しそうだった。タクシーはささやかな郷愁などどこ吹く風と滑るように快走し、景色は次々に後ろへ飛んでいった。

どのくらい眠っていたのか、わたしは鼻をつくような微《かす》かな潮の香りに目を覚ました。わずかな隙間から車内に流れ込んでくる暖かい風には懐かしい海の匂いがした。前方に目をやると、ゆるやかに蛇行していく坂道のずっと先に目映《まばゆ》いばかりに光り輝く海が見えた。

鎮海の街は、咲き誇る桜の杜《もり》の中にあった。街全体が、薄桃色の絨毯《じゅうたん》で敷き詰められ、そよそよと吹く春風に煽《あお》られて花びらがひらひら舞い降りている。まるで天から薄桃色の細雪《ささめゆき》が降っているようだった。

大通りに軍楽隊の奏でる吹奏楽が響き渡り、白バイや儀仗隊《ぎじょうたい》が行進し、その後を華やかなコスチュームのチアガールやボーイスカウトがにぎにぎしく続いていった。沿道にはパレードを一目見ようと大勢の人だかりが絶えず、タクシーは行く手を阻まれてしまった。交通整理の警察官の笛がせわしないほどに鳴り響いている。

車を降りたわたしは、人混みの間隙を縫うように父の故郷、昌原《チャンウォン》に通じる大きな道路を横切り、なだらかなスロープとなった広場の上にちんまりと建っている駅舎を目指した。

薄いブルーの木造の駅舎は、母がはじめて日本へ旅立とうとした時と少しも変わっていないように見えた。改札を通り過ぎると、低いプラットホームに沿って桜並木が続き、すぐ目の前には道仏山《トブルサン》の山肌が迫っていた。そよ風に乗って運ばれてくる甘酸っぱいような花の香りの中に潮の匂いが混じっているようだった。

わたしはとぼとぼと慶和洞《キヨンフアドン》へと足を運んだ。

母の生まれ育った界隈《かいわい》には、もう往時を偲《しの》ばせるような韓国風の平屋建てはどこにも見あたらなかった。躍進する海洋・レジャー都市を誇るようなモダンなガラス張りの建物が点在し、その周りには病院やレストランが並んでいた。

海岸へと下っている細い道を歩いてゆくと、明媚《めいび》な遠浅の海岸が見えた。

「間違いない、行巌湾《ヘンアムマン》の海岸だ」

思わずわたしは独《ひと》り呟《つぶや》いていた。うれしかった。まるで自分にとって懐かしい場所に再び巡り会えたような気分だった。こぢんまりと湾曲した海岸には、モーターボートや小さな漁船がもやい綱につながれてプカプカと気持ちよさそうに浮かんでいた。海上に目をやると、鏡のように穏やかな水面に色とりどりのカラフルなウィンドサーフィンのセイル（帆）が競い合うように立ち並んでいた。その向こうには悠々と浮かぶ数隻の貨物船と、さらに水平線の彼方《かなた》に巨済島《コジェド》の島影が見えた。

すべてが変わり、そして変わっていないように思えた。フーッと深い息を吐き出すと、頭上はるか遠くで鳶《とび》の啼《な》く声が聞こえた気がした。

文庫版あとがき

母（オモニ）と母を取り巻く人々と、その時代を物語として残しておきたい。そう思うようになったのは、いつの頃からだろうか。母の病気が思わしくなく、医者から三、四年の寿命かもしれないと告げられた時からだったろうか。

母のいない世界など、わたしには想像すらできなかった。でも、どこか幼子のように屈託のない母の表情を見ていると、時おり、母の輪郭がどこかに消え入るようにぼやけて見えることがあった。泣いても、笑っても、怒っても、はしゃいでも、ハッキリとした輪郭の存在感があった母。それは、重ねて来た経験の重たさを物語っていた。

しかし、「わたしゃ幸せかね？　うん、幸せばい」、そう自分に言い聞かせることが多くなった母からは、いつの間にか、圧倒的な質量感のようなものが消え失《う》せていた。子供に戻ったようにベッドの上で体を丸めて寝入っている母の姿を見たとき、わたしは母が永久の眠りに陥りつつあることを実感した。やがて母は帰らぬ人となったのである。

それから、かれこれ八年近くの歳月が流れた。その間、本書の単行本は多くの読者の目に留まり、三十万部を超えるベストセラーになった。どうして、「在日」を生き抜いたひとりの女性とその息子の話が、これほど多くの読者を獲得できたのか、わたしは時々、我ながら不思議に思うことがあった。

ありふれたひとりの母とその家族の物語とはいえ、そこには『三丁目の夕日』のような、ほのぼのとしたノスタルジーを掻《か》き立てるものはどこにもない。それでも、その物語に多くの読者が感情を移入できたのは、本書の中に書き込まれた母の肖像が、民族や出自、背景や場所の違いを超えて、それぞれの読者の「母」の記憶と重なり合っていたからに違いない。それは、ある時代を生きた世代だけが共有し合えた「母」のイメージや記憶であるにしても、そこには間違いなく波乱に満ちた時代がしっかりと刻印されていたのである。

だが、その時代はもう遠くに過ぎ去り、まるでお伽噺《とぎばなし》のような世界になりつつある。しかしだからこそ、その時代を慈しむ人々にとって「母」の記憶は今でも心の中に生き続けているのである。本書がそうした読者の共有財産として読み継がれていくならば、これほどうれしいことはない。

とりわけ、母（オモニ）を思い出す度に立ち現れてくる、あの原風景が跡形もなく消え去りつつある今、それがただ、本書の中に保存され、人々の記憶の中に生き続けていくと思うと、感慨も一入《ひとしお》である。

熊本駅から見える小高い丘のような山とその傾斜地に這《は》いつくばるように広がっていた在日の集落。それがわたしの原風景であった。わたしの母の深い愛と情感は、その原風景の中にハッキリと刷り込まれている。

しかし、新幹線が開通し、政令指定都市となった熊本市の玄関口とその周辺は凄《すさ》まじい勢いで変貌を遂げ、母の原風景はコンクリートの下に埋もれ、もはや在日の集落を思い起こさせるものはどこにもない。熊本駅の真新しい駅舎に降り立つ度に、わたしは侘《わび》しい気持ちにならざるをえないのだ。

それでも、その原風景は、文字となって確実に人々の記憶の中に生き続けていくに違いないと思うと、報われた気持ちで一杯だ。虚と実の皮膜すれすれで書き綴《つづ》られた本書は、文字によるドキュドラマと言えるかもしれない。母語であるハングルの識字からも、また日本語の識字からも疎外された母たちが文字として残したものは何もない。あるのはただ、わたしの中の、母たちの切れ切れの記憶だけだ。そのひとつひとつをかき集め、それを導きの糸にして母の物語を紡ぎだそう。そう思い立ったわたしにとって、本書はまさしくひとつの実験だった。

まがりなりにも、政治学と政治思想を専攻する者にとって、ストーリーテラーのような作業は、まったく未知の冒険だったからである。だが、今ではあえてそれに挑戦してよかったと思うようになった。もしその機会を逸していたならば、母の原風景が跡形もなく消え去っていくように、その記憶も永遠に日の目を見ることがなかったからである。それは消えゆく記憶をどこかに留めておこうとする、過去へのノスタルジックな思い入れとみなされるかもしれない。

しかし、時代の変化は、本書にそうした思い入れとは違った新たな意味を与えつつあるように思えてならない。それは、二年前の東日本大震災と原発事故がもたらした、世界の底が抜けたような不安感と無縁ではない。

自然による災害と人災が重なった空前の惨事は、わたしたちに無常感にも似た寄る辺《べ》なさの感覚を呼び覚ますことになった。何を頼りに生きればいいのか？　その疑念が、濃淡の違いはあれ、多くの人々の脳裏をよぎることになったのである。国家も、企業も、学校も、共同体も、それほど当てにならないことがこれほど明々白々となったことはない。それでも、家族だけは違う。そんな実感が広がっていったように思える。

時には排他的であり、時には利己的であり、時には桎梏《しっこく》でもある家族。さらに血縁の修羅場と化すこともある家族。しかしそれでも、その家族こそ、最も信頼できる「人倫」の共同体に違いない、そんな思いが、あの大震災以後、多くの人々を捉えるようになったのではないだろうか。

確かにそれはひとつの幻想かもしれない。それでも、家族に新たな眼差《まなざ》しを向けようとする動きが止《や》むとは思えない。そして家族への眼差しは、否応無しに母なるものへの回帰を促すに違いない。そこにこそ、本書が、文庫になり、あの大震災後も読み継がれる新たな意味があるのかもしれない。

もし母が生きて、あの大震災を目の当たりにしたら、何と言ったろうか。わたしは時おり、想像してみることがある。

きっと言葉を発することもなく、ただひたすら祈り続けているに違いない。子供のわたしをいつも安らかな気持ちにさせてくれたもの、それは、母の祈りの姿とその言葉だった。母の口から吐き出される言葉の意味がまったくわからなかったにもかかわらず、わたしは不思議にも安心していられたのである。それは今でも、忘れ難い記憶として生き続けている。本書の読者が、そんなわたしの感慨を汲《く》み取ってくれれば、底が抜けたような時代に本書が読み継がれる意味もあるかと思う。

この作品は二〇一〇年六月、集英社より刊行されました。

集英社文庫

姜尚中

在　日

朝鮮戦争が始まった1950年に生まれた著者。
「在日」と「祖国」、ふたつの問題を
内奥に抱えながら生きてきた半生を振り返り、
歴史が強いた苛酷な人生を歩んだ
在日一世への想いをつづった初の自伝。

集英社文庫　目録（日本文学）

- 川端裕人　雲の王
- 川端裕人・三島和夫　8時間睡眠のウソ。日本人の眠り、8つの新常識
- 川端裕人　天空の約束
- 川村二郎　孤高 国語学者大野晋の生涯
- 川本三郎　小説を、映画を、鉄道が走る
- 姜尚中　在日
- 姜尚中・森達也　戦争の世紀を超えて その場所で語られるべき戦争の記憶がある
- 姜尚中　母 ―オモニ―
- 姜尚中　心
- 神田茜　ぼくの守る星
- 木内昇　新選組 幕末の青嵐
- 木内昇　新選組裏表《うらうえ》録 地虫鳴く
- 木内昇　漂砂のうたう
- 木内昇　櫛《くし》挽《ひき》道《ち》守《もり》
- 木内昇　みちくさ道中
- 岸本裕紀子　定年女子 これからの仕事、生活、やりたいこと
- 喜多喜久　真夏の異邦人 超常現象研究会のフィールドワーク
- 喜多喜久　リケコイ。
- 喜多喜久　マダラ 死を呼ぶ悪魔のアプリ
- 北杜夫　船乗りクプクプの冒険
- 北大路公子　石の裏にも三年 キミコのダンゴ虫的日常
- 北大路公子　晴れても雪でも キミコのダンゴ虫的日常
- 北方謙三　逃《の》がれの街
- 北方謙三　弔《ちょう》鐘《しょう》はるかなり
- 北方謙三　第二誕生日
- 北方謙三　眠りなき夜
- 北方謙三　逢うには、遠すぎる
- 北方謙三　檻《おり》
- 北方謙三　あれは幻の旗だったのか
- 北方謙三　渇きの街
- 北方謙三　牙
- 北方謙三　危険な夏 ―挑戦Ⅰ
- 北方謙三　冬の狼 ―挑戦Ⅱ
- 北方謙三　風の聖衣 ―挑戦Ⅲ
- 北方謙三　風群の荒野 ―挑戦Ⅳ
- 北方謙三　いつか友よ ―挑戦Ⅴ
- 北方謙三　愛《いと》しき女たちへ
- 北方謙三　傷痕 老犬シリーズⅠ
- 北方謙三　風葬 老犬シリーズⅡ
- 北方謙三　望郷 老犬シリーズⅢ
- 北方謙三　破軍の星
- 北方謙三　群青 神尾シリーズⅠ
- 北方謙三　灼光 神尾シリーズⅡ
- 北方謙三　炎天 神尾シリーズⅢ
- 北方謙三　流塵 神尾シリーズⅣ
- 北方謙三　林蔵の貌《かお》(上)(下)
- 北方謙三　そして彼が死んだ
- 北方謙三　波《は》王《おう》の秋《とき》

集英社文庫　目録（日本文学）

集英社文庫

母《はは》 —オモニ—

2013年3月25日　第1刷　　定価はカバーに表示してあります。
2019年10月23日　第4刷

著　者　姜尚中《カンサンジュン》
発行者　徳永　真
発行所　株式会社　集英社
東京都千代田区一ツ橋2-5-10　〒101-8050
電話　【編集部】03-3230-6095
【読者係】03-3230-6080
【販売部】03-3230-6393（書店専用）
印　刷　大日本印刷株式会社
製　本　大日本印刷株式会社

フォーマットデザイン　アリヤマデザインストア　　マークデザイン　居山浩二

ISBN978-4-08-745044-6 C0193